目錄

三星珠：動畫電影

四星珠：周邊玩物

五星珠：電玩遊戲

六星珠：現像級日常

七星珠：趣味雜談

自序

三月中某天，相約了總編輯開會，傾談今年書展的動向。習慣上，也是從「吹水」開始，亦不無道理地，當日離鳥山明老師死訊被公布才過了幾天，話題自然轉到這位天才漫畫家身上。

於是，兩個麻甩大叔便口沫橫飛、興奮地講出自己對鳥山明老師的回憶，甚至還小學雞似的爲了究竟小寶寶是牛奶糖４號還是８號，爭吵得七情上臉。說著說著，不覺過了個多小時，也才醒起召開會議的目的呢？

「鳥山明」，就是有著這樣的魅力，彷彿重遇一位老朋友，總有說不盡的話題，回憶不斷的湧現，熟悉的畫面持續在腦海浮現，正事都被忘在路邊了。

然後，「不是味兒」的難受感覺悠然而生。鳥山明不在了，很想跟你說一聲「感謝」，很想跟你說一句：「你的作品豐富了無數人的童年！」

《我們的鳥山明》不是鳥山明的傳記，也沒有能力及資格為這位天才立傳，可視它為一本「對答錄」，這邊發起一些對鳥山明老師的回憶話題，讀者閱讀後生出各自共鳴，或許是浮起認同感，或許引起某種會心微笑，又或許產生新奇的認知，即使或許會氣憤說著這裡那裡出錯了，這些都並非重點，能夠讓讀者們在某一刻多多少少憶起鳥山明老師，於願足矣！

為此，編寫本書前，可是將不少塵封多年的鳥山明老師相關作品、畫集、特刊都悉數翻找了出來，將回憶中的誤點儘量弄清楚，務求令本書內容可以分享感性情懷，也可擁有著理性依據，能夠對鳥山明老師表示一份尊敬。

末尾，回憶是最強的欺詐師，如有錯漏，請不吝指正！

P.S.

老闆提到，本書「賣得好」將有望推出「2」。但指標是什麼？是要跟港版《龍珠》第 25 卷睇齊，一日內賣出 6,000 本？（這個夢想可以！）還是要跟日版《IQ 博士》第 5 卷相同，初版印 160 萬本？（這個已不是妄想，直接是傻了！）

或許大家可以稍稍期待「2」的內容：「爲什麼鳥山明沒有徒弟？」「終極牛奶糖 23 號」「傳聞鳥山明曾出軌小雲」「鶴仙流才是最強流派」「鳥山明工作室的歎息之牆」……

P.P.S

展出的收藏，絕對是非賣品，可不要寫信或來電求售。唯若發現這裡有漏掉貴上持有的，歡迎開價，收購大門是「門常開」。

封面插畫師的話

我的啟蒙導師——龜仙人

鳥山明，一個我從沒親身接觸過的漫畫家，但他更似是我的Mentor、導師、老師。接下《我們的鳥山明》封面圖的繪製，也是想向老師致敬。沒有鳥山明老師，我很大可能不會以畫漫畫爲人生第一志願。

小時候對漫畫家沒什麼憧憬，直至從《漫畫周刊》看到《龍珠》連載，當即喜歡得不得了，然後展開長時間的繪畫龍珠年代，還專門臨摹鳥山明老師的技巧，他怎樣畫的，我就怎樣畫。當時畫得最多的是悟空，從中還學會他那種「不夠強嗎？再練習吧！」精神。而悟空跟龜仙人學武功的過程，還明白到練習不需要很複雜及特別道具，簡單揹個龜殼派送牛奶，做好這樣的基本功已經足夠。這讓我鍾愛及重視基礎之餘，亦一直覺得使用最普通畫具，也必能畫出最佳的效果。直至今天，我還是會習慣強迫自己，選擇以最低檔畫筆、油彩，在艱難狀況下畫畫。

從鳥山明老師身上還學到一項習慣。他自小喜歡看到什麼都會畫下來，所以我也習慣不論有沒工作，任何時候都在畫畫。可惜，始終有個地方自問學不過來，就是他比任何人強大的想像力，鳥山明老師是那種腦海裡自然擁有創作世界的天才級漫畫家，一切渾然天成。就如他擔當美術設計的《勇者鬥惡龍》及《超時空之鑰》，兩套截然不同的遊戲，鳥山明老師卻無論是在一個「龍與魔法」世界，或是一個結合古代魔法及破敗科技的世界，創作及想像力都能表現得無與倫比。

今次在構思封面畫時，首先希望重拾小時候臨摹鳥山明老師的感覺，在畫紙上填滿我喜歡的鳥山明漫畫人物。之後又記起曾看過他的照片，都是臉露微笑，展現既樸素又開朗滿足的性格，所以也希望封面圖能夠緬懷他這種快樂笑容。

喜歡鳥山明老師的，都想過他能長命百歲，雖已再沒可能，最後仍希望跟鳥山明老師說一句：「感謝你給予我們美好的童年！」

man僧

ひゅ

一星珠
鳥山明生平

鳥山明走紅於《IQ 博士》開始連載的 1980 年，，短短十五、六年間登上漫畫家神壇，要了解他當然必須談談他的生平吧！

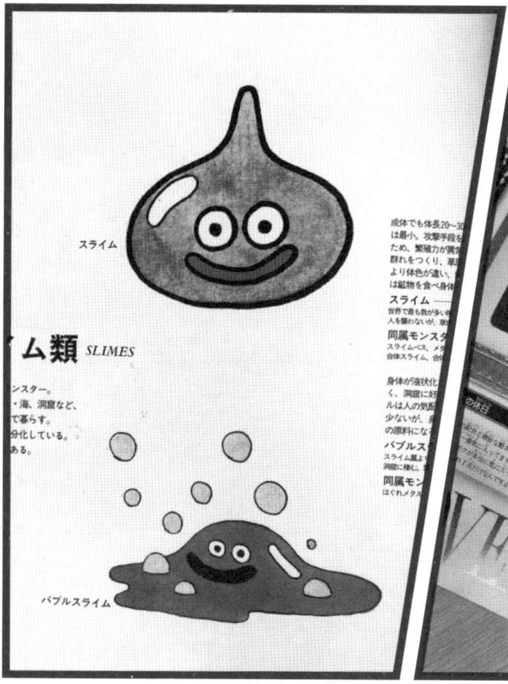
スライム
ム類 SLIMES
バブルスライム
スライム
同属モンスタ

DRAGON BALL
ベスト
1
VISUAL
VENTURE
COMMENT

鳥山明的生平及成就

鳥山明有份參與的創作，無論是漫畫、動畫、遊戲均表現出超凡成就，隨便一項都足以傲視同儕，無負其天才之名。

1955年4月5日
出生於日本愛知縣西春日井郡清洲町（現：清須市）

1974年
於愛知縣立起工業高等學校（現：愛知縣立一宮起工科高等学校）畢業後，在名古屋市一家廣告設計公司任職設計師。

1977年1月
因對工作環境感到厭倦，從廣告公司離職，開始兼職插畫工作

1978年1月	向《週刊少年 Jump》「每月 Young Jump 賞」先後投稿作品《アワワワールド》及《謎のレインジャック》，皆未有獲選，卻引起責編鳥嶋和彥的關注。
1978年12月	在《週刊少年 Jump》1978年52號發表作品《ワンダー・アイランド》，惜讀者意見調查名列包尾。
1979年8月	在《週刊少年 Jump》增刊號發表作品《ギャル刑事トマト》，讀者意見調查取得第3名的高位，並取得描畫長篇連載機會。
1980年2月	《週刊少年 Jump》1980年5·6合併號發表連載作品《Dr. スランプ (IQ 博士)》。
1980年8月	《IQ 博士》單行本第1卷發售，
1980年	《IQ 博士》獲得第27回小學館漫畫賞少年少女部門受賞作品。
1981年4月	《IQ 博士》動畫版於富士電視台啟播。

1981年7月18日	首齣《IQ博士》短篇電影《Dr.スランプアラレちゃんハロー!不思議島》於日本公映。
1981年8月	《IQ博士》單行本第5卷發售，初版發行量爲130萬本，打破《多啦A夢》保持的120萬紀錄。
1981年12月	《IQ博士》單行本第6卷發售，初版發行量爲220萬本，成爲首本初版發行量破二百萬的漫畫。
1981年	以5億3924萬日圓繳稅金額榮登日本首富排名「文化人部門」首位，整體35位。
1982年7月10日	首齣《IQ博士》電影《Dr.SLUMPほよよ!宇宙大冒險（港譯：小雲與IQ博士）》於日本公映。同年聖誕亦被安排在香港上映。
1982年	以6億4745萬日圓繳稅金額，連續第二年榮登日本首富排名「文化人部門」首位。
1984年8月	《IQ博士》結束連載，合計236話。

1984年12月	《週刊少年Jump》1984年51號發表連載作品《ドラゴンボール（龍珠）》。
1985年5月	《IQ博士》最後一本單行本第18卷發售。全部18卷合計發行量超越3,000萬本。
1986年2月	《IQ博士》動畫版完結，合計243話，平均收視達22.7%，成爲集英社時至當年爲止，所有JUMP系動畫之冠。
1986年2月	《龍珠》動畫版於富士電視台啟播。
1986年5月	擔任美術設計的《ドラゴンクエスト（勇者鬥惡龍）》遊戲發售，發行量達150萬套，遊戲系列亦成爲日本公認的「國民遊戲」。
1986年11月	任天堂機種遊戲《ドラゴンボール 神龍の謎（神龍之謎）》發售。截至2024年，對應不同機種遊戲、手遊、網遊合計推出近百款，累計發行超過5,000萬套，當中售出超過100萬套的不下十款。

1986年12月	首齣《龍珠》電影《ドラゴンボール 神龍の伝説（神龍傳說）》於日本公映，累計280萬人次入場觀看。
1988年11月	第1彈《龍珠》萬變卡推出，發行量達1,400萬張。隨後一直至第30彈，每彈平均發行量約4,000萬張，累計達1,435款。
1988年	《龍珠》獲法國動畫雜誌《PIF Gadget》動畫電視電影部門頒發「Truffe d'or（金松露）」最佳動畫影片獎。
1989年4月	《龍珠》動畫版播放至悟空與芝芝結後完結，合計153話，平均收視21.2%。
1989年4月	《龍珠Z（龍珠二世）》於富士電視台緊接《龍珠》完結後啟播。
1991年	《週刊少年Jump》讀者調查投票中，《龍珠》在限定1,000票中奪得814票，記錄一直維持至今天，仍沒被打破。

1994年	《龍珠》萬變卡累計賣出10億張。
1995年6月	《龍珠》連載完結，合計519話。
1995年8月	《龍珠》最後一本單行本第42卷發售，全部42卷合計日本本土發行達1億6000萬本（包括完全版2000萬本），全球發行量則達2億6000萬本。
1995年	《龍珠》萬變卡累計賣出20億張。
1996年1月	《龍珠二世》完結，合計291話，平均收視高達20.9%。包括《龍珠》在內，兩套動畫曾在全球80個國家或地區播放。
2000年	《ドラゴンクエストVII エデンの戦士たち（勇者鬥惡龍VII伊甸的戰士們）》獲頒第4回日本文化廳媒體藝術祭互動部門大獎。
2003年2月	PlayStation 2遊戲『ドラゴンボールZ』發售，發行量達300萬。

2006年	《龍珠》獲頒日本文化廳媒體藝術祭爲慶祝10周年所舉辦的日本媒體藝術100選漫畫部門第3名。
2007年	《龍珠Z》DVD在美國成爲銷量最高動畫，連同錄影帶累計售出超過2,500萬套。
2014年	獲頒第40屆法國安古蘭國際漫畫節40週年紀念特別獎。
2019年	獲頒藝術與文學勳章。
2024年	獲頒「東京アニメアワード（東京動畫獎項）2024」動畫功勞部門表彰。
2024年3月1日	因急性腦膜下血腫病逝，享年68歲。

鳥山明連載時期的自畫圖。

28歲繳稅金額逾6億日圓的天才漫畫家

鳥山明於1980年初開始連載《IQ博士》，不到一年，旋即爆紅，成爲《週刊少年Jump》讀者調查榜榜首常客，單行本第5卷初版發行達130萬本，打破《多啦A夢》保持的120萬本紀錄，這年他25歲。

1981年，作品不但獲得第27回小學館漫畫受賞作品賞，更被動畫化，曾錄得最高36.9%收視率，單行本第6卷初版發行刷新至220萬本，也是日本史上首本漫畫單行本發行超過二百萬本，這年他26歲。

只是用了不到兩年時間，《IQ博士》在日本近乎無人不識，

讓鳥山明年紀輕輕卽登上漫畫家神壇，也帶來天文數字的收入。1981-82稅務年，他的繳稅金額便高達5億3千多萬日圓。同年，鳥山明與妻子步入教堂，故當年有八卦雜誌便以「5億漫畫家盛大婚禮」爲題，報道他的婚禮。這年他27歲。

驚人稅收成佳話

及後的1982-83稅務年，鳥山明再次將繳稅金額紀錄刷新至6億4千萬日圓。因而曾有笑話：「鳥山明繳交的稅金，甚至高於日本首相年薪！」這年他28歲。

在《IQ博士》於1984年完結後，緊隨於同年尾開始連載的《龍珠》更是高歌猛進，讓鳥山明作爲漫畫家，在繳稅金額此項紀錄上變成雷打不動的常年霸榜者。1986年接下《勇者鬥惡龍》美術設計後，收入更是錦上添花。

後面是日本曾公布的鳥山明年收入數額：

1987 年	4 億 2900 萬日圓
1988 年	3 億 9000 萬日圓
1989 年	3 億 7900 萬日圓
1990 年	9 億 1100 萬日圓
1991 年	6 億 5400 萬日圓
1992 年	5 億 6600 萬日圓
1993 年	7 億 6400 萬日圓
1994 年	5 億 700 萬日圓
1995 年	11 億 400 萬日圓

1996年	6億6000萬日圓
1997年	3億9400萬日圓
1998年	8億2800萬日圓
1999年	2億5900萬日圓
2000年	3億8300萬日圓
2001年	5億7900萬日圓
2002年	6億1700萬日圓
2003年	16億500萬日圓
2004年	14億8000萬日圓
2005年	9億5600萬日圓

從上述數字，可見卽使《龍珠》於1995年完結，鳥山明的年收入還是因爲各種版稅或授權，沒有什麼改變，甚至還在增加。據日本投資網站「d メニューマネー」曾做的調查，單是《龍珠》全球發行數達2億6千萬本，粗略估算，鳥山明已可獲版稅合共114億4千萬日圓。

穩守第2位

卽使2023年，日本媒體rank1-media發布的一份「日本漫畫家年收入前20名排行榜！最新收入發布【2023最新版】」，鳥山明仍是以14.8億日圓排在第2位，雖然與首位尾田榮一郎的31億日圓有著很大差距，但需知道《One Piece》是尚未完結作品，但不計算《龍珠》已完結近三十年，就是鳥山明最後一篇創作《銀河パトロール ジャコ》也已是2013年推出，在沒有新作支持下，還能排在第2位，甚至將第3位高橋和希（《遊戲王》作者）甩出幾個億價位，已足證鳥山明有多吸金。

鳥山明極罕見休閒生活照。

最後還可提一個更恐佈數字，2019年，海外曾有統計，單是《龍珠》的全球作品包括動畫、漫畫、遊戲、玩具、周邊，營業額便高達250億美元，換算作日圓便是2.5兆，相信鳥山明從中獲得的版稅或授權收益也不會少了吧！

麻煩的都不要畫了

鳥山明堪稱是天才漫畫家，人生只畫了兩套長篇漫畫，都成爲經典中經典，《龍珠》更席捲全球，成爲無數人成長回憶。但原來他也是一位惰性很高的漫畫家，只是他懶惰的方法極爲聰明，不但極少人會察覺，還對他稱譽有加。

角色都是光頭

對漫畫略有認識都知道，漫畫中角色頭髮的繪畫是最花時間，而且髮型也要時間思考設計，所以《一拳超人》的崎玉就頂著一個大光頭。鳥山明也覺得畫頭髮實在太麻煩，於是男角們包括龜仙人、無限、天津飯、笛子魔童、菲利、都沒有頭髮，一個孤形就完的事，何必要花時間慢慢繪畫頭髮線？

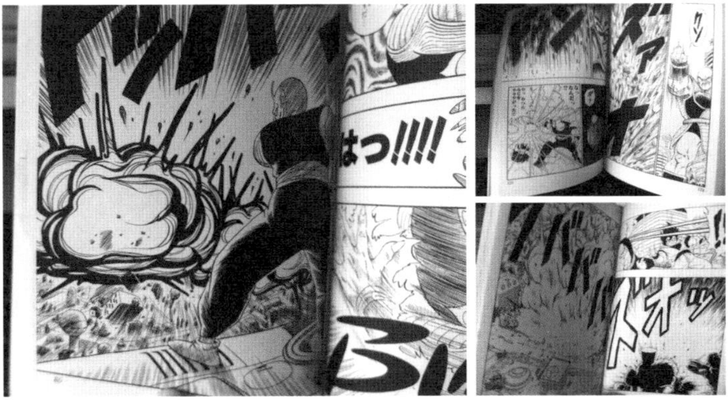

開戰前先來個大爆炸，便不用再畫場地。

金髮超級撒亞人

超級撒亞人的全白色（漫畫）頭髮、眼珠變白、外加光暈效果，也是鳥山明盡量將角色畫得簡單的原因，避免過多繁複過程，也讓助理們不用花時間塗黑頭髮，誰知成爲漫畫史一個經典。

場地都來個大爆炸

畫建築物也是很花時間，又要顧及空間感，所以《龍珠》很多戰鬥場景都是群山之間，不然就是一望無際的平原，再不然用舞空術飛到天空打，總之就是不要有建築物。到了眞需要繪畫中心場面，那就來個大爆炸好了。而且考慮到Z戰士們的力量太強，若然在城市中開打也必然會造成破壞，既然如此，就在開始時就來個大爆炸，讓《龍珠》反派炸飛掉整個城市，當中最經典是比達與立巴登場時，東都只在立巴一指間便全沒了。

斯路不要復活了

雖然說鳥山明盡量避免繪畫繁雜人物、場景，也曾出現失策，那就是斯路。斯路滿身的班紋，可是極花時間完成，堪稱惡夢。所以，笛子魔童、菲利、布歐都在戰敗或戰死後，仍有機會成爲主要角色，唯獨斯路篇完後，斯路就鮮少登場，是眞的不想再畫班紋了。

不想畫眼鏡

戴眼鏡的小雲，可說是成爲標誌性漫畫人物，沒了眼鏡也就不是小雲了。但原來，當初鳥山明是不想給小雲戴眼鏡，機械人還戴眼鏡不是很奇怪嗎？但原稿完成後，發現若然再加一副眼鏡會來得更有趣，於是便畫上了。而隨著《IQ博士》的爆紅，鳥山明才深深後悔這個決定。據《IQ博士》單行本第16卷一篇「IQ博士的秘密之3」，鳥山明便提到，畫眼鏡實在很浪費時間，多次想過要將它除下來，只是不少讀者來信都會提到：「我也戴眼鏡，剛好小雲也戴，所以我一點也不在意眼鏡不好看了。」也是，在覺得自己或多或少為世界有所貢獻下，小雲便繼續是個四眼妹。

二人組合登場

雖然鳥山明「懶」，但有件事雖然亦很麻煩，還是很堅持的，那就是通常設計新角色，多數會以二人組形式登場，甚至是多人組合。部分原因是顯出角色的身份，比達帶著立巴可顯出撒亞人王子的尊貴，菲利作爲惡之帝王身邊自然要有跟班杜利安及薩波，17號、18號、19號、20號都是結伴在戰鬥時可互補不足，魔導師巴菲迪將暗黑魔界之王達普拉收歸旗下足證其魔力強大，天神、界王、界王神身邊都會跟著波波先生、阿布、傑比度作爲陪伴，卽使是《IQ博士》的尼克珍大王也有個手下。不過，二人組合還有更深層意思，鳥山明認爲若然只安排角色單獨登場，在交代劇情時必然會出現「自言自語」的畫面，整體感覺便會很奇怪，所以會在新增角色身旁安排多一個角色，方便他們可以對答方式推進劇情，在交代故事內容背景下也變得順理成章。這個設定也沿用到《龍珠超》，不同宇宙的破壞神必定跟著一位天使，比魯斯身旁便是維斯。

二人組合方便以對答形式推進劇情。

退稿魔王鳥嶋和彥

都說千里馬也需要伯樂，鳥山明自然也有他的伯樂。不過，在鳥山明看來，這個伯樂更像是一位魔王，所以在《龍珠》中還直接以他作藍本，創作「笛子魔王」一角，而說的是「鳥嶋和彥」。

鳥嶋和彥，說他一手發掘鳥山明並讓他登上漫畫家神壇也絕不為過。當初，鳥山明滿腔熱誠創作《アワワワールド》，並向集英社的《週刊少年Jump》投稿時，卻是最終沒獲任何獎項，這令鳥山明十分沮喪，可是這時卻收到一個電話。這個及後被鳥山明形容為改變一生的電話，就是由時任《週刊少年Jump》責任編輯的鳥嶋和彥打來。原來他的作品沒得到評審肯定，卻被鳥嶋發現，還給予評語：「雖然畫得不好，但再努力一下，將來會

鳥嶋和彥於 2015 年已離職集英社，2018 起就任白泉社代表取締役会長。

有成就，繼續畫一些給我吧！」鳥山明當然喜出望外，卻不知已跌入交稿退稿再交稿再退稿的無間地獄。

地獄式稿件回彈

鳥嶋的嚴格是得到業界公認的，因而鳥山明在接下來一年，即使如何努力地、拼命地畫呀畫的，甚至繪畫風格、角色設定、故事劇情也作過無數不同的改變或嘗試，換來都是鳥嶋一次次的退回來，有說當年鳥山明被退的稿件多達 500 份。不過，據鳥嶋的說法，這樣的做法是希望讓鳥山明能從畫插畫的「插畫師」，成長爲畫漫畫的「漫畫家」。

當然在那一年的退稿地獄中，鳥嶋也發揮了責編的作用，爲鳥山明提供了不少創作上的意見。其中，最讓人津津樂道的是鳥嶋發現鳥山明即使取得連載機會，作品仍不溫不火，原因可能出於都以男性角色爲主，於是建議他嘗試改爲繪畫女性角色。不過，

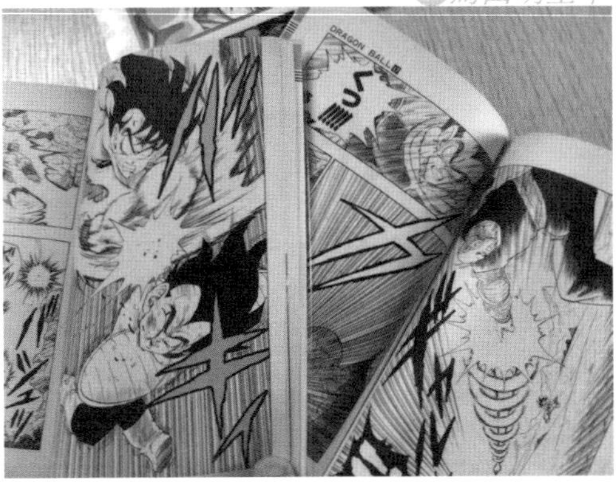

熱血少年格鬥漫畫才是 Jump 的王道。

後來鳥山明在《IQ 博士》單行本第 16 卷一篇「IQ 博士的秘密之 2」中提到，讓他畫女性主角，純綷只是因爲鳥嶋本身是個大色魔。不管如何，鳥山明卽使並不擅長女性角色，還是按建議創作短篇《ギャル刑事トマト》，結果竟成爲人氣作品，也證實鳥嶋的建議完全正確。這也導致鳥山明下一部作品，繼續選擇以女性爲主角，而那個留住長髮、戴住眼鏡、鍾意展開雙手跑步、動不動就打爆地球、必殺技是「你好嘛！」的女生，旋卽瘋魔日本，橫掃亞洲，席捲全球，《IQ 博士》的「小雲」就是一個核爆級的震撼彈。鳥山明也憑藉《IQ 博士》坐穩《週刊少年 Jump》No.1 的寶座，當然還包括天文數字般的財富收穫。

魔性成就格鬥人氣漫畫

不過，卽使鳥山明已登上神壇，退稿魔王還是退稿魔王，稿件稍有不對，退稿仍時有發生。這也惹起了鳥山明的惡搞趣味。反正《IQ 博士》沒有既定故事框架，超人、泰山、魔鬼、外星人都有，不妨再多一個責編吧！於是鳥山明便將鳥嶋和彥直接漫畫化成大反派「馬斯特博士」，還不作絲毫改動，讓任何人一眼都能認出這就是鳥嶋，可見鳥山明報復心理多強。

此外，《龍珠》的成功也離不開鳥嶋。不說不知，《龍珠》在連載初期有關尋找龍珠的冒險故事，讀者原來並不受落，更曾在《週刊少年Jump》的讀者調查跌出頭十位，面臨被腰斬的危機。彼時，鳥嶋便提議加入打鬥對戰元素，舉辦武術大會。事實也再次證明鳥嶋是正確的，「天下第一武道大會」令《龍珠》的人氣急速上升，重回一哥地位。雖然完結後，鳥山明還是再次繪畫搞笑風格的「紅帶軍篇」，試圖掙扎一下，可是人氣眞的再次倒退回去。至此，鳥山明也算服氣，《龍珠》正式成爲熱血格鬥少年漫畫。

事情往往都有很多面，鳥嶋和彥的確幫助鳥山明取得空前成功，但身爲集英社的員工，心當然會更偏向公司，於是也是他堅決不讓鳥山明將《龍珠》完結，可以說《龍珠》之所以連載達十一年，也有鳥嶋的功勞。

那一年的啃老族

在鳥山明接到鳥嶋魔王那通電話後的那一整年，由於身處退稿地獄，即使畫得再多，沒有過鳥嶋的一關，也就沒能取得連載，也就沒能取得稿費。當其時，鳥山明還將兼職插畫師的工作也放棄，按照鳥嶋的建議，全心全力的投入到創作漫畫之中，這也代表他連唯一收入來源也沒了。因此，那一年，鳥山明唯有回到故鄉愛知縣清須市的兒時舊居，與父母同住，並以23歲的年齡，爲著追求漫畫出道，就這樣化身啃老族。直至，首篇出道作品《ワンダー・アイランド》，才開始取得稿費收入，勉強能自食其力。

筆名：水田二期作

日本漫畫家普遍都會使用筆名，但「鳥山明」卻是他本人的真名。用真名的理由卻很搞笑也很合情合理。「反正我都不會紅，用真名吧！」想成爲漫畫家卻不會想到自己走紅，可能成功都要無心插柳吧！之後，因爲《IQ 博士》的爆紅，而讀者又知道鳥山明是真名，又又知道他居於愛知縣清須市，那想知道他的電話號碼，不就是查電話簿便有？的確，鳥山明曾接到過不少惡作劇電話，才萌生改筆名的念頭，當時他考慮的筆名是「水田二期作」，意思爲何已無從稽考，有可能是他鄉村出身，對農村耕作熟悉吧！可惜，當他向集英社編輯提出時，卻被一句「太無聊了！」爲由遭到拒絕。雖然無從得知這個拒絕他的編輯是誰，但按年期估計，十之八九都是鳥嶋魔王了。之後，鳥山明都多次說過，最後悔便是以「鳥山明」爲筆名。

天神村靈感源自鳥山明故鄉

鳥山明的出身地是日本愛知縣西春日井郡清洲町，即使在 2005 年與西枇杷島町及新川町合拼爲現在的清須市，面積也僅 5.25km²，人口亦只有不到二萬人，可想而知，在鳥山明成長年代的清洲町是個無論面積及人口有多細小的地方。

但也就是如此細小及鄉下地方，卻讓鄰里間有更濃厚人情味，也讓鳥山明可以無憂無慮地愉快成長，並將這份眞摯情懷融入到自己的漫畫創作。《IQ 博士》的「天神村」便是他家鄉的寫照，也是故事中不少人物、風景的創作靈感泉源，無論是小茜家的咖啡茶館、太郎家的髮型屋、小雲就讀的中學，多多少少有著清洲町村內的影子，當然當地的咖啡茶廊不會是一個咖啡壼，

天神村就是一條鄉下村落。

髮型屋也不會頂著一隻巨蟹啦！此外，《IQ博士》中不是有位常吃燒餅的春夢婆婆？這位婆婆也是鳥山明以小時候常遇到的一位婆婆爲原型創作，只不知那位婆婆是否也經常吃燒餅而已。

卽使其他天神村古靈精怪的村民，例如吃酸梅乾會變超人、屁股生在腦袋上的尼克珍宇宙大王、沒事總是「電髮、電髮」的草菇妹妹、喜歡施展「愛心頭搥」粟頭老師，還有在天空上「傻瓜傻瓜」叫著的烏鴉等等，雖不可能都有著鳥山明左鄰右里的影子，但絕對是小鄉郊獨有的和平寧靜，才能培養出他的開朗樂天並略帶惡趣味的性格，因而才會創作出如此鮮明有個性的角色，卽使時隔再多年，仍是一提起都予人感覺親切。

現實及漫畫同樣平凡的求婚

由於《週刊少年 Jump》是少年漫畫週刊，連載的都是熱血類格鬥或運動漫畫居多，愛情故事可算少之又少，又加上鳥山明曾在一些訪談中提到自己不擅長處理戀愛題材，所以《IQ博士》及《龍珠》雖然也有不少情侶，但都來得平平淡淡的，更多還是鳥嶋和彥的提議，要將某角色與某角色拉在一起，又或爲某角色加畫異性伴侶，例如《IQ 博士》的小茜與突吉、太郎與鶴燐，甚至加入小寶寶跟小雲走在一起。傳聞，《龍珠》連載初期，鳥嶋還曾想將悟空與莊子配到一起，幸好沒成功！

現實中，鳥山明也是不會處理自己的感情事，他甚至曾坦言，按照他自己這樣的性格，是有想過孤獨一生的。幸運的是，鳥山

淡淡一句「我們結婚吧！」可能更浪漫。

明的父母也有這層擔憂，所以專門爲他安排了相親（相睇），才有機會認識自己的未來妻子加藤由美。由於加藤由美也是一位漫畫家，並以みかみなち爲筆名發表過一些作品，鳥山明與她也有著共同話題，所以才可走在一起。

神經刀式戀愛法則

但鳥山明還是內向的鳥山明，即使二人走在一起已有一段時間，也該談婚論嫁。最終令二人完婚的契機卻異常平淡，就是鳥山明有天如常一邊吃飯一邊與女朋友講電話時，不知何故平靜地說了句：「我們結婚吧！」誰知對方也只是回了一句：「好呀！」就這樣二人便結成夫婦。有關情境是否很有「既視感」？沒錯，鳥山明曾兩次將之重現在《IQ博士》及《龍珠》中。

還記得則卷千平如何與山吹綠子結爲夫婦嗎？漫畫中，某天山吹老師如常來到則卷家作客，千平博士滿心歡喜準備好茶點路經自家廁所門口時，忽然自言自語又或自我感覺良好的說了句：「綠子小姐，請妳嫁給我！」，豈料，山吹老師剛好在廁所內，隨即回了句：「好呀！」，於是令全天神村所有人都意外的結婚典禮便舉行了。

《龍珠》中，悟空因小時候誤會「結婚」是什麼食物而答應將來迎娶芝芝。及後在「第23屆天下第一武道大會」重遇後，弄明白原來結婚是指二人生活在一起，於是也是一句：「那我們結婚吧！」，芝芝也是應了一句：「嗯！」。過程更簡單快捷，完全是鳥山明處理戀愛情節的手法。

愛，不用畫公仔畫出腸

上面兩段婚姻，雖然過程簡單，仍是來得很窩心溫暖。但莊子與比達一對，可算是完全「莫明其妙」，就只因莊子生了杜拉格斯，二人便結爲夫婦，原著甚至也沒提及二人有否結婚証明。

當然，結尾時莊子再生了布拉，也可旁證他們是相戀的。而《龍珠超》中，比達因爲莊子被破壞神比魯斯摑了一巴而狂怒，亦可見比達的愛吧！

不過，若說鳥山明不懂表達戀愛情節，又不一定正確。小雲與小寶寶便「閃」爆。最値得一提是連載完結前的天神村賽車大賽，最後一個尋物件的競技環節，小雲抽到了「戀人」，在聽完裁判解釋後，便靜靜坐在一旁等候小寶寶。而小寶寶回來後，看到小雲的抽簽紙所寫，則是一面興奮，甚至爲愛情放棄了自己的參賽資格，協助小雲爭奪村長之位。整個過程，沒什麼浪漫情節，但卻顯得更細膩感人。或許，鳥山明與自己的太太相處也是這樣平淡無波的情況吧！

圈中摯友桂正和

鳥山明的性格比較內向，因此朋友不多，能可以無話不談的「閨密」更是少之又少。而《夢戰士飛翼人》、《電影少女》的原作者桂正和老師正正是鳥山明罕有的摯交好友，而二人的死黨關係可以從桂正和對鳥山明的訃聞其中一段已深切體會。

「漫画家として、見てる風景、作家のレベルも違いすぎて、偉大さを意識した事が無かったです。わかってはいます。けど、本人と接する時は微塵もそれは感じなかった。人柄ですね。だから偉大な漫画家というより、今も友人としてとしか考えられない。」

受鳥山明建議而畫的主角，卻變成了被罵抄襲，的確很無奈。

翻譯過來是「作爲一位漫畫家，所看到的風景、作家水平都相差甚遠，以至從來沒有意識到他有多偉大，這點是淸楚明白的。然而，與他接近時卻沒絲毫感覺，這就是他的性格。即使今天，與其說他是位偉大的漫畫家，倒不如說他是位摯友。」

兩人結識橋樑源自那位魔王鳥嶋和彥。當年還是高中生的桂正和，一次向集英社投稿，獲得「手塚獎」準入選，在頒獎禮上首次見到鳥山明本人。桂正和更在二人合作的漫畫《カツラアキラ》憶述當時還沒正式出道的自己，看到人氣頂級漫畫家，可是緊張得要死，還膽粗粗要求合照。不過，鳥山明卻指自己第一次認識桂正和的記憶，是二人在鳥嶋和彥的辦公室，由同樣成爲桂正和責編的鳥嶋和彥介紹。

可以長煲電話粥的老友

不過，無論如何，一位初出茅蘆的新進漫畫家和一位五億日

桂正和畫的悟空及鳥山明畫的飛翼人。

圓收入漫畫家，就此展開長達四十多年的友情。兩人有多友好？桂正和的成名作《ウイングマン（夢戰士飛翼人）》單行本第7卷中，便曾讓鳥山明客串了學生會職員角色，還本名登場叫「鳥山先生」，如果二人關係不夠友好，想必不會這樣玩吧！

此外，鳥山明曾多次在不同訪談提及，桂正和會經常到訪他家，無所不談之餘，還會一起打機。自言對電子遊戲尤其是格鬥類不擅長的鳥山明，在卡關不能爆時，桂正和都會自告奮勇：「我來幫你打爆機吧！」而即使沒有來訪，桂正和也是會經常致電鳥山明「煲電話粥」，讓鳥山明很多時都只能在截稿前三小時才能完成《龍珠》原稿。

有件事最爲外間津津樂道，也讓桂正和多次抱怨被鳥山明害慘的。事緣，桂正和當時正連載《DNA^2》，鳥山明向他建議可讓主角桃生純太「變身」及「金髮」，當其時桂正和已意識到「這不就是超級撒亞人？」但鳥山明卻表示沒問題，於是在推出角色變身形象後，龍珠迷憤怒了，大堆抗議信寄到，紛紛指責桂正和抄襲，著實讓他受苦了一段時間，至於《DNA²》連載不到一年就完結，是否與此有關，便不得而知。

二人雖然相熟，也在對方的連載有過提議，且同屬一位責編，可卻從沒有過合作，直至2014年，集英社的《JUMP SQ》有意找鳥山明畫一套短篇，但最終他只願意繪畫分鏡，於是有關方面找來桂正和作畫，如此多年好友的二人便合作了《カツラアキラ》。漫畫單行本，更是載有二人的對談，也從中可看到鳥山明面對自己好友，原來也沒那麼「性格內向」，有說有笑的，還會「寸嘴」幾句桂正和。

爲鳥山明專門築建「鳥山路」

衆所周知，鳥山明直至去世都是定居於名古屋清須市，也是他的工作室所在。所以《IQ博士》、《龍珠》或其他漫畫原稿都是在名古屋完成，再經由空郵快遞至位於東京的集英社，進行印刷製作收錄至《週刊少年Jump》。但這樣一來一回，即使內陸機也要個多小時，還未包括到達鳥山明住所的時間，算是極耗時工作。若然，鳥山明畫得稍慢，後期的製作便更會嚴重受阻。

因此，集英社爲求減省來往運送稿件時間，鳥山明也希望可以在交稿時間更寬裕，雙方協議，由集英社出錢爲鳥山明在東京尋找另一居所。事情後來被名古屋市政府得知，即時不願意了。鳥山明不單是名古屋的標誌性人物，他的存在可提升名古屋在全

眞實存在由小牧空港至清須市的高速公路。

日本甚至全世界的人氣。況且，鳥山明在28歲還沒開始創作《龍珠》，每年的繳稅金額已逾6億，可說是名古屋其中一個重要收入來源，因此鳥山明必須是名古屋的鳥山明。

一切原來只是都市傳聞？

於是，名古屋市政府有關官員決議，不就是因爲要節省往返時間嗎？哪就由市政府斥資建設一條高速公路，由名古屋機場直達鳥山明的居所吧！就這樣，一條被暱稱爲「鳥山路」的高速公路就在名古屋出現，以方便鳥山明往返機場。

可是，原來「鳥山路」雖然即使在日本人心中也是根深蒂固的認知，卻並不是眞實存在，只是一個都市傳說，並最早由《桃太郎電鉄》傳出。在2022年，屬於清須市、北名古屋市、西春日井郡豊山町選舉區的愛知縣議會議員水野富夫，也曾在日本綜藝節目《日本のドン》證言，名古屋市內建有「鳥山路」的說法只是傳聞，並非事實。

雖然翻看名古屋地圖，硬是要說的話，名古屋現已不再使用的「小牧空港」至清須市一帶，確實有條高速公路「名古屋第二環狀自動車道」，車程約是20分鐘左右，或許符合了「鳥山路」的設定。

鳥山明粉絲雙月報

香港TVB於1982年開始播放《IQ博士》動畫，該是香港人接觸鳥山明作品的最早時間，雖然那個時期，沒有人會理會動畫創作人是誰。不過在日本，鳥山明已因《IQ博士》成爲著名漫畫家，當時他的一位鐵粉松本常男更組織了粉絲會，名叫「鳥山明保存會」。翻查記錄指，松本常男原先是以「鳥山明俱樂部」作爲粉絲會名稱，但及後想到是「鳥」，當然要多加保存，便選擇了這個名字。

「鳥山明保存會」本來也是一個粉絲間非官式的俱樂部，目的是讓會員們可分享交流對鳥山明漫畫的資訊或消息。及後，集英社乃至鳥山明本人得悉保存會的設立後，還眞的接受它爲官方正式的粉絲會。

《Bird Land Press》內有不少鳥山明親筆插圖。

獲得官方接受後，「鳥山明保存會」更爲壯大，還於 1982 年年中開始推出了自家刊物《Bird Land Press》，以雙月報形式推出，採用 B6 大小，每期約 26 頁，印量 10,000 份，只向保存會會員派送。

收錄內容都是滄海遺珠

《Bird Land Press》不單收錄了許多鳥山明的訪問，除了談到他的日常生活或創作點滴，還有一些較鮮爲人知的內容分享。更珍貴是每期封面多數出自鳥山明手筆，他還偶而會爲內文描畫插圖，普遍也是沒正式在官方刊物出現過的。

此外，鳥山明未出道前曾於 1978 年向《週刊少年 JUMP》投稿的作品《アワワワールド》，當年都因落選關係未被刊登，即使名成利就後推出過《鳥山明○作劇場》或《滿漢全席》兩套短篇集，也從未收錄，可算是鳥山明的滄海遺珠作品。但原來這

篇作品會被刊載於《Bird Land Press》1983年5號及6號內。而另一篇也從未收錄在任何短篇集，僅在《週刊少年JUMP》1983年12月號增刊號中刊登的《謎のレインジャック》亦早在《Bird Land Press》1982年3號及4號已刊登，可見當年鳥山明對《Bird Land Press》的重視程度。

可惜，《Bird Land Press》在1987年推出9月號（第25期）便停刊了，原因也不能考究了。今天，仍可在一些拍賣網站見到它的身影，價格則不用多說了吧！隨便一期都是10萬日圓的起跳，若然當年是「鳥山明保存會」會員，又留起一套的，眞的可以當傳家寶。

模型達人鳥山明

砌模型對鳥山明多重要？他曾在《IQ 博士》完結前的一集連載表示只要再畫一集就可以去砌模型，畫面透露的興奮之情，隔住張紙都感受得到。而早年日本一些曾拜訪鳥山明工作室或家居的訪談，亦經常影到那幅「模型之牆」，上百盒未開封的模型堆滿一整幅牆，都是鳥山明口中「有時間就會去砌」的好物。

但鳥山明對模型的熱愛程度不只於此，他還會參加日本的模型創作大賽。日本著名模型公司「タミヤ」每年均會舉辦「人形改造コンテスト」，招募各方高手根據不同主題創作人形模型，鳥山明便曾在第 13 回「The Wonderful World of OZ」以作品「A.D. 4801」奪得銅獎，及後更在第 14 回「Home Comming

鳥山明獲金獎的作品。

Kiss」/「タンポポ」以作品「ハイヨー!シルバー!」勇奪金獎。當年タミヤ的官方刊物《タミヤニュース 147 号 (1984 年 1 月號)》採訪鳥山明獲獎感受時，他便大談自己對軍事模型的喜好，以至對跑車的機械感覺，更坦言自己是「比例黨」，所以特別著眼整體比例，也不會有多餘的裝飾。總而言之，整篇訪談，若然遮蓋了鳥山明的相片及名字，就是一位模型達人在娓娓而談模型之道。

此外，值得一提是，可能タミヤ不少人也是《IQ 博士》的粉絲，所以在第 9 回「人形改造コンテスト」的主題正是「IQ 博士」。想當然地，鳥山明不可能參加吧!但他的助手松山孝司卻是參加了，可惜最後飲恨僅奪得了銀獎，還眞的對不起自己作爲最熟悉《IQ 博士》的其中一人這個身份。

沉迷中國功夫電影

都說港漫受《龍珠》影響，甚至出現抄襲。但其實鳥山明亦多次承認自己的創作，也是受到香港功夫電影的啟發。他曾自稱看過李小龍主演的《龍爭虎鬥》七、八十次，不過感覺過於沉重。所以後來受妻子的推介，看了成龍的《醉拳》，電影中與衆不同的詼諧演繹手法，讓他感覺很有趣，因此也就沉迷了下去，前後重溫過不下一百次。不過，兩套電影的觀看次數如此之多，原來很多時都是鳥山明工作時，讓電影一邊播放著，聽著對白來輕鬆減壓。他更曾說，反而坐定定觀賞新電影，令他有壓力，因爲會浪費了畫漫畫的時間。

可能就是因爲工作時都看著成龍或李小龍，以及其他的功夫

短篇《騎龍少年》有著濃厚中國功夫氣味，它也是《龍珠》的創作源頭。

片，潛移默化下，鳥山明在漫畫內開始加入中國功夫元素，《IQ博士》的突吉便是一個懂中國功夫的角色。而早在《IQ博士》完結前一年推出的短篇《騎龍少年》，亦是以揉合功夫與冒險內容作嘗試的創作，它與另一短篇《トンプー大冒険》，便成爲日後構思《龍珠》的基本。

《龍珠》在氣功波亂放、Z戰士都以舞空術飛上天戰鬥前，亦即未進入撒亞人篇前，也的確融入及參考不少功夫電影。龜仙人在天下第一武道大會上假扮的陳積奇，就是成龍的英文名Jacky Chan，龜仙人還眞的耍了一套醉拳來致敬。「紅帶軍篇」出現的桃白白也應該是參考了成龍另一部電影《蛇形刁手》內的奸角上官逸雲造型。至於後期成爲《龍珠》戰鬥系統重要的「氣」，更是中國功夫中最常見的設定。

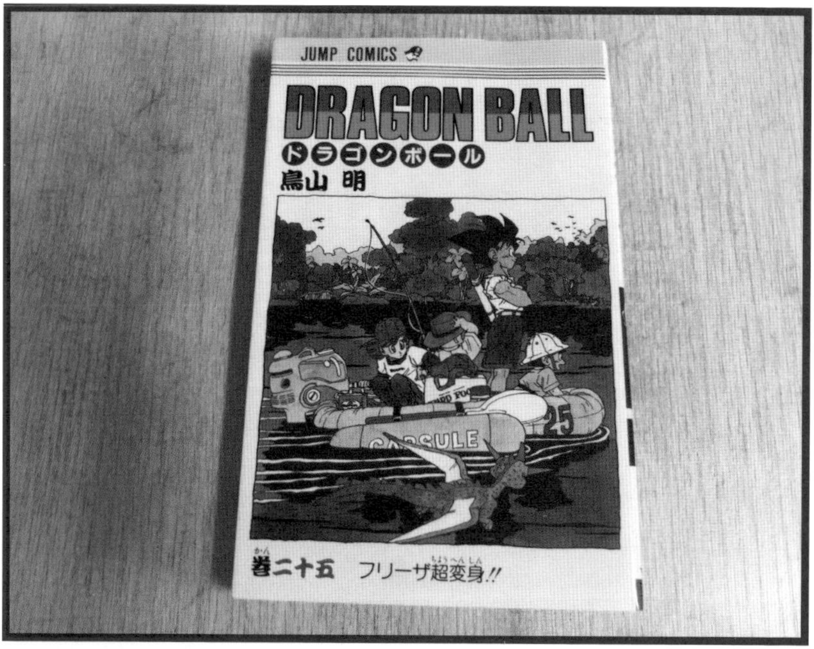

二星珠 經典漫畫

鳥出明一生僅有的兩篇長篇漫畫，就是《IQ 博士》及《龘珠》，它們引爆過的話題，你又記得多少？它們的反派原來都是真有其人？

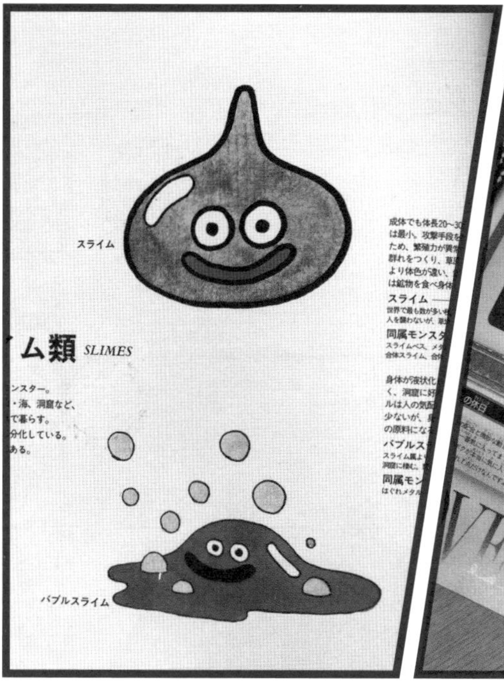
スライム
ム類 SLIMES
ンスター。
・海、洞窟など、
ルで暮らす。
分化している。
ある。
バブルスライム
成体でも体長20～30
は最小。攻撃手段を
ため、繁殖力が異常
群れをつくり、草
より体色が違い、
は鉱物を食べ身体
スライム
同属モンスタ
身体が液状化
く、洞窟に好
ルは人の気配
少ないが、
の原料にな
バブルス
同属モン

DRAGON BALL
ベスト
1
VISUAL
VENTURE
COMMENT

龍珠角色獨特改名系統

《龍珠》角色一大堆，要為他們改名必然很花腦筋，所以鳥山明跟責編們就想到用歸類法方法，同屬一個體系的角色就用上同一種類改名方法，好像眾所周知，撒亞人名字都源自蔬菜，但原來莊子一家都是內衣褲、娜美星人就是蝸牛……是不是很有趣呢？更有趣是，即使是動畫版人物，製作方也沿用鳥山明的改名方式，令整體更為統一。只可惜，當翻譯成中文版後，文化傳信都採用了音譯的方式，唯一仍保留日文版改名系統方式的只有笛子魔王／魔童。

《龍珠》人物名字都是有參考來源。

撒亞人（蔬菜）

・撒亞（サイヤ）- 野菜（やさい yasai），轉換爲片假名，再前後兩字對調。

・孫悟空/格古洛（カカロット）- 紅蘿蔔（カロット Carrot），頭一個字重覆。順帶一提，孫悟空一家的名字都是根莖類蔬菜。

・拿迪斯（ラディッツ）- 悟空哥哥，蘿蔔、櫻桃蘿蔔、小蘿蔔（ラディッシュ Radish），尾音變調。

・比達（ベジータ）- 蔬菜（ベジタブル Vegetable），直接用開頭的響音發音。另，又可能是撒亞族王或王子的名稱，所以改名時用上總類「蔬菜」，而不是單一某種蔬菜，凸顯身份。

・立巴（ナッパ）- 菜葉（なっぱ Nappa），沒變音變字，直接使用。因爲出場是比達跟班，所以名字也是配襯的菜葉。

・巴達古（バーダック）- 悟空父親，牛蒡（ゴボウ Burdock），不是日文發音，用上英文發音。角色最早出現在動畫特別版《ドラゴンボールZ たったひとりの最終決戦～フリーザに挑んだZ戦士孫悟空の父～》，及後被鳥山明納入正篇，並於第26卷其之三百零七篇「超級決戰揭開序幕!!」菲利的回憶中登場。之後，鳥山明的單行本《銀河パトロール ジャ》內再在短篇《放たれた運命の子供》登場。

・姬聶（ギネ）- 悟空母親，蔥（ネギ），前後兩字對調。角色在短篇《放たれた運命の子供》登場。

・布洛尼（ブロリー）- 西蘭花（ブロッコリー Broccoli），

抽走中間音節。最早登場於劇場版，新推出的《龍珠超》漫畫版及劇場版也有登場，鳥山明也有參與角色監修。

莊子一家（內衣褲）

· 莊子（ブルマ）- 女生運動短褲（ブルマ），但當初香港的翻課顧及故事以《西遊記》爲藍本，才二創成「奘子」，後演變成「莊子」。

· 布里夫博士（ブリーフ博士）- 莊子父親，男士內褲（ブリーフ Brief）。

· 柏芝（パンチー／ビキニ）- 莊子母親，在《龍珠 SD》被稱作「パンチー」，是女士內褲（パンティー Panties）諧音。在遊戲《ドラゴンボール Z カカロット》則喚作「ビキニ」，直接是三點色泳裝（ビキニ Bikini）

・達爾絲（タイツ）- 莊子姐姐，女性緊身褲（タイツ Tights）。曾在《銀河パトロール ジャャ》登場。

・杜拉格斯（トランクス）- 男裝四角內褲（トランクス Trunks）。

魔族（樂器）

・笛子大魔王／魔童（ピッコロ大魔王）- 短笛（ピッコロ Piccolo），是港版僅有保留改名系統的名字。

・比安路（ピアノ）- 鋼琴（ピアノ Piano），笛子魔王的參謀。

・丹巴林（タンバリン）- 鈴鼓（タンバリン Tambourine），殺了無限的魔族。

．辛巴（シンバル）－銅鈸（シンバル Cymbal），被彌太郎斬敗，後燒了來吃。

．杜摩（ドラム）－鑼鼓（ドラム Drum），笛子魔王變年青後產出的魔族。

．布魯吉／夢之神（ポルンガ）－風琴（オルガン Organ），娜美星的神龍。原來鳥山明設定中娜美星神龍也是魔族。

娜美星人（蝸牛）

．娜美星（ナメクジ星）－蛞蝓（ナメクジ），也就是鼻涕蟲。所以娜美星人都是綠色及有觸角，居所及太空船也都是類似蝸牛外型。

・木里（ムーリ）- 蝸牛（カタツムリ），是日文蝸牛的意思，取後半部。娜美星的長老，及後繼任大長老。

・智諾（ツーノ）- 日本蝸牛（カタツムリ）童謠歌詞中唱到的「角」。同是娜美星長老，被比達殺死，所以未能復活。

・天迪（デンデ）- 蝸牛（でんでん虫），是日本童謠出現的蝸牛別稱，取前半部。

・基路（カルゴ）- 法國蝸牛（エスカルゴ），法國食用蝸牛，取後半部。角色是與天迪一起，後來被殺的娜美星幼童。

・尼路（ネイル）- 蝸牛（スネイル Snail），取自英文的後半部。娜美星的戰士，後與笛子魔童融合。

・格達茲（カタッツ）- 蝸牛（カタツムリ），取前半部。角色是天神及笛子魔王的父親，逃難到地球，遺下太空船。

・史拉古（スラッグ）- 蛞蝓（Slug）。在電影版《ドラゴンボールZ 超サイヤ人だ孫悟空》登場。

精英軍團（奶製品）

・傑克（ギニュー）- 牛奶（ぎゅうにゅう），直接是日文牛奶發音。

・捷斯（ジース）- 芝士（ジース Cheese）

・賓達（バータ）- 牛油（バータ Butter）

・力高（リクーム）- 忌廉（Cream クリーム），第一二發音調轉。

・古杜（グルド）- 乳酪（Yogurt ヨーグルト），取後半部。

菲利一族（冷）

・菲利（フリーザ）- 雪櫃（Freezer フリーザ）。可能要表示菲利的冷酷無情，所以菲利一族的名字由來都與「冷」相關。

・哥頓大王（コルド）- 冷（Cold コールド），取諧音。菲利的父親，同爲杜拉格斯所殺。

・古拉（クウラ）- 冷卻器（Cooler クーラー），取諧音。在電影版《ドラゴンボールZとびっきりの最強對手》登場，菲利的哥哥，比菲利再多一次變身。但在《Jump Gold Selection 龍珠 Z 動畫 Special 2》的訪談中，負責動畫創作的東映動畫監製森下孝三及系統構成小山高生卻說了另

一個版本，原來當時二人在討論進食「雪米滋」的靜岡方言是「食うら」，於是拍板使用，「うら」爲菲利哥哥的名字。

・チルド - 冷凍（Chilled チルド）。在動畫外傳《ドラゴンボール エピソード オブ バーダック》登場，菲利一族的先祖，被穿越到過去的巴達古擊殺而亡。

・フロスト - 霜（Frost フロスト），第 6 宇宙有如菲利的存在。

從上面幾個簡單舉例，可知即使是由其他媒體創作的龍珠原創動畫或續作，無論電視或電影，都會沿用鳥山明有原來的改名系統，而新登場人物如果是一個整體，也會以歸類法來命名，像電影原創的菲利哥哥古拉，他的三個手下便分別是サウザー（千

尼克珍大王的「手下」。

島醬）、ドーレ（沙律醬）及ネイズ（蛋黃醬），又例如《龍珠超》中 12 個宇宙的破壞神便都是「酒類」飲品，當中比魯斯便源自啤酒（Beer）。

沒有名字的手下

雖說鳥山明在改名上很有自己的一套，但原來也會出現健忘症，忘了爲重要角色改名。這個「倒霉」的角色就是《IQ 博士》中宇宙大王尼克珍那個戴著黑超的手下。這個手下由出場至完結，漫畫版都只被稱作「尼克珍大王的僕人」，動畫版更直接就是「手下」，沒有一個正式名字，所以在動畫版最後出場時，他許了個願望：「希望可以有個名字。」但都到結局了，還要名字來做什麼？所以鳥山明也沒爲他改名字。

致敬經典角色

改名系統之外，傳聞，人造人 17 號及 18 號則是以致敬爲目的。那大家又猜到他們是對誰致敬呢？如果是70年代成長過來的粉絲，該很容易想到，那就是1977年在日本播出的特攝片集《大鐵人17》。由於鳥山明是機械迷，所以爲兩個人造人想編號，便最先想到這套特攝片集的主角「17號」及中段登場又壯烈犧牲的弟弟「18號」。

9部還是12部牛奶糖機械人？

作爲《IQ博士》大反派的馬斯特博士，曾經發明了多部以「牛奶糖」編號的機械人，但可能眞的是多部了，連作者鳥山明都多次弄錯究竟是編到多少號，所以總計曾有12部牛奶糖機械人，但卻只編到9號。

1 牛奶糖1號（漫畫登場：第6卷－馬斯特博士的野心!! Part 1-2）

初代牛奶糖，由馬斯特博士從內部操縱，最後被小吉吃到只剩下頭部。

2 牛奶糖 2 號（漫畫登場：第 8 卷－天神盃大賽車 Part 1-4)

作爲參加「天神盃大賽車」以贏取三千日圓獎金而製作。利害在只要改變機體油彩，便可以變爲駝鳥、天鵝、青蛙、企鵝。身上的 7 字只是參賽編號。

3 牛奶糖 3 號（漫畫登場：第 8 卷－天神村大戰 Part 1-3)

三輪車造型，左手是雷射槍，右手則是吸取 1 號教訓而爲困住小吉的剪刀形膠囊。最後被戳穿車胎，再被小雲撞飛，也是落得被小吉吃掉的下場。

4 牛奶糖 4 號 / 馬斯特生化機械人(漫畫登場：第 8 卷 - 天神村大戰 Part 3)

3 號敗北後，馬斯特博士在逃走時被貨車撞倒，結果就將自己改造爲生化機械人，褲上也寫有「4」字樣。雖然之後再出場仍是生化機械人，但「4」字沒有了。

5 牛奶糖 4 號 / 小寶寶(漫畫登場：第 13 卷 - 最強的對手)

馬斯特博士盜攝了小雲內部構造造出的一模一樣機械人，但性別則爲男孩子，也比小雲有禮貌得多，卻對小雲一見鍾情，加上正義感，最後背叛馬斯特博士，改名爲小寶寶，成爲小雲的好伙伴，在 10 年後更結爲夫婦。

6 牛奶糖5號（漫畫登場：第13卷－牛奶糖5號登場）

實際上只是一個以千平博士爲造型的頭盔，用作欺騙小雲。最後被抱著以爲則卷千平是大壞人的牛奶糖4號，一個頭搥撞爆了。

7 牛奶糖6號（漫畫登場：第13卷－野心勃勃）

模仿小雲製作的機械人，目的是分化小寶寶與小雲，好讓牛奶糖7號專心對付小雲。雖沒被破壞，但在被小寶寶發現眞相後，再沒登場。

8 牛奶糖7號（漫畫登場：第13卷－牛奶糖7號登場）

堪稱史上最強的牛奶糖機械人，一搥便將小雲整個打散，也是一發雷射炮便將小寶寶轟得昏過去了，還將小吉吞進用塑膠造的嘴巴內，可惜馬斯特博士不知還有一個剛誕生的小吉，於是失算了。最終兩個小吉搶奪走7號的遙控，讓它自爆了。

9 牛奶糖8號／馬斯特坦坦克車型機械人（漫畫登場：第14卷－惡夢！兩個小吉）

因小吉搶走了遙控器，馬斯特博士被7號一腳踩爆，唯有又將自己改造成坦克車型機械人。最後在「第14卷－三天前&三天後」，被自己製作用以送給千平博士的炸彈郵包炸爆了。

10 牛奶糖8號／馬斯特直升機型機械人（漫畫登場：第16卷－馬斯特博士之贈物）

再次登場的馬斯特博士，變成了直升機型機械人。

11 牛奶糖7號(8號)（漫畫登場：第16卷－馬斯特博士之贈物）

爲將炸彈當成聖誕禮物送給千平博士而製作，但鳥山明記錯了編號，所以寫著7號。後經過一番折騰，炸彈被送回馬斯特博士研究所，連同他一起大爆炸，8號則成爲了小雲的聖誕禮物。

12 牛奶糖8號（9號）（漫畫登場：第16卷－誰是世界第一的比賽大會Part 1-4）

重新將自己改造，並參加了「誰是世界第一的比賽大會」，初登場以8號出現，及後才打交叉改爲9號。最後被假扮成小雲的小寶寶射爆，只留下一粒螺絲及支離破碎的零件，馬斯特博士也正式退場，只在完結篇以幽靈登場一格。

責編都是大反派

日本漫畫的製作模式，都會由連載的漫畫雜誌派出責任編輯協助漫畫作者，責編也負責對稿件的審批，其中《週刊少年 Jump》的責編出了名嚴格，退回稿件讓作者重新繪畫是經常發生。鳥山明的幾任責編尤其如此，因而退稿都是慣例，第一任責編鳥嶋和彥，更被鳥山明稱作「退稿魔王」。

被退稿多了，自然會心生不忿，但實際上又奈何不得，於是鳥山明唯有在漫畫上報復：「你退我稿嗎？我就將你畫成漫畫內的大反派！」於是，在《IQ 博士》中希望征服世界，與小雲作對的反派馬斯特博士，就以鳥嶋和彥的形象登場。那頭卷髮及角字型臉，任誰看了都會知馬斯特博士就是鳥嶋和彥本人。更絕的是，當初鳥山明冒起念頭畫馬斯特博士時，還特別拖稿了很久，直至截稿前才將原稿交給鳥嶋，迫於已屆印刷時間，鳥嶋也不得不就犯，照著刊登了。誰不知，竟造就了一個受歡迎的經典反派。

除了《IQ博士》的馬斯特博士，《龍珠》的初代笛子魔王的原形也是鳥嶋，只是他已不再卷髮，反而開始髮線後移，再加上一個衆所周知的原因，笛子魔王也就變成光頭。

此外，菲利的最終型態則是參考自第二任責編近藤裕，他負責撒亞人篇至斯路篇。這次鳥山明更爲惡趣味，將近藤裕的樣貌結合了電影《異形》創作而來！

來到布歐篇，責編也換成了第三任的武田冬門，並一直負責至《龍珠》結束。他那看著就有喜感的胖胖外形，成了善良布歐的造型。

極惡反派（責編）都沒好下場

還有值得一提是，鳥山明對責編的反叛心理，可以從幾個反派的下場有所明白。首先對退稿魔王鳥嶋和彥，怨氣該是最深，所以馬斯特博士最後只留下一粒螺絲及幾件零件，笛子魔王更直接被打穿心口爆炸而亡，眞是有夠殘忍。而第二任責編近藤裕，作風也是極爲嚴格，所以菲利即使被腰斬，還是不夠解氣，於是將他復活後再來「斬開十幾碌」，大快人心。至於第三任責編武田冬門，不單說出「喜歡畫什麼便放開來畫吧！」，讓鳥山明可重拾搞笑風格，還合謀隱瞞集英社結束連載的決定，所以善良布歐不單活得舒爽開心，原祖布歐死了還可轉世爲歐布成爲悟空徒弟，可見鳥山明對武田冬門該沒有什麼抱怨。

隨《龍珠大全集》附送的《神龍通訊》，便曾有三位責編對自己是反派原型的訪談。

多次有意結束龍珠連載

貴爲被公認賺錢最多的漫畫家，鳥山明原來並不算是勤力，他更多的希望是，擁有自由時間可砌模型。

可惜，他是天才，他的作品爲集英社帶來龐大經濟收益，絕不能讓他退下來不畫。所以《IQ博士》的完結條件，是鳥山明必須在連載完結後的三個月，在《週刊少年Jump》連載另一篇新故事。但在這三個月期間，鳥山明還是沒時間砌模型，因爲其責編鳥嶋和彥會每天親自由東京到訪其家中，商討新故事。雖則如此，這三個月還算是可以充分休息。

三個月後，鳥山明交出的便是《龍珠》，也開始了長達十一

每個篇章完結的最後一格漫畫，都感到鳥山明完結的期望。

年的連載。不過，渴望更多時間砌模型的鳥山明，原來曾多次有意結束連載，每個篇章結束時也有見跡象。

第一次有意結束，便是在第 23 屆天下第一武道大會後，打贏了宿敵笛子魔童，成爲全球第一，亦已應驗占卜婆婆拯救世界的預言，還娶得芝芝這位嬌妻，甚至拒絕成爲天神的邀請，可說必須交代的也交代淸楚了，也該完結了！當時責編卻反映了集英社的意見，希望他繼續畫下去。鳥山明在一些訪談中便提及，他當時問鳥嶋，悟空都成爲地球最強，還怎麼畫？鳥嶋隨即表示：「那讓悟空成爲宇宙最強吧！」，於是鳥山明將故事舞台轉向外星，開啟撒亞人篇，從而也可交代悟空身世之謎。

無限輪迴式完結

到菲利篇完結時，又是該交代的都交代了，悟空變身成傳說中的超級撒亞人，還殺敗稱作「惡之帝王」的菲利，也呼應動畫原創《ドラゴンボールZたったひとりの最終決戦～フリーザに挑んだZ戦士 孫悟空の父～》，爲父報仇，也爲整個撒亞族雪恨。娜美星也有著完整結局，星球毀了，但族人被安排遷往他星，比達的結局則也留在地球莊子家。更重要一點，是戰鬥力系統已達到頂點，傳說的超級撒亞人是宇宙最強，還如何再有強敵？站在一個故事的角度而言，還眞的很難再繼續，鳥山明也是以爲可以完結了！但經過菲利篇後，《龍珠》的經濟效益更是大幅提升，完結也會影響無數與之相關的周邊，包括：電子遊戲、萬變卡、玩具、動畫。不難想像，鳥山明還是畫下去吧！

但悟空已是宇宙最強，唯有將舞台搬回地球，並加入時空穿梭概念，而敵人則從未來傳送過來，於是《人造人篇》或《斯路篇》正式打開。或許是鳥山明的背叛心理，既然高層都不惜將完整的戰鬥力系統放棄，也要延續《龍珠》的連載，那麼就乾脆將原本的惡之帝王也來個卑屈的死法，復活後一出場卽被杜拉格斯幾下殺了，之前《菲利篇》如何站於宇宙頂點，也成爲笑話。雖然這一幕亦可凸顯還未登場的人造人該有多可怕厲害，但當年看著看著總覺得不是味兒，「菲利變得咁廢柴？」的想法，必定也有不少粉絲浮起過吧？。

畫自己想畫的就夠

連載到斯路遊戲，鳥山明也再次表明了結束連載的意向，但可想而知，高層還是否決了。別的漫畫若作者有意結束，最多是漫畫部便可作決定，而據聞，當年爲著《龍珠》結束與否，會議是開到了集英社的最高層部門。不過，鳥山明還是執意要結束，畢竟包括《斯路篇》在內，已連載近8年，對於當年的漫畫界已算是長壽作品，鳥山明也的確是累了。所以，鳥山明便與《布歐篇》新任責編武田冬門商量，武田也是明白鳥山明的苦況，於是答允了他的要求，但也不可能即時便結束連載，於是二人隱瞞著公司暗自爲完結做準備，一直至結束前半年才向高層報告，也讓各方面包括︰遊戲、玩具、動畫、周邊產品都可作好部署。

當時武田還向鳥山明表示，既然已決定結束，就畫自己想畫的吧！所以《布歐篇》明顯與《菲利篇》及《斯路篇》純格鬥的方向完全不同，加入了更多鳥山明從前的搞笑風格，例如︰撒亞超人、融合、善良布歐、撒旦先生……，甚至還加入有點咸濕的15代前界王神，再次大玩鹽花，回復最初龍珠冒險篇時的感覺，也令整個氛圍變得輕輕鬆鬆。而事情發展也順利，《布歐篇》完結後，時間一躍跳到十年後，在歐布坐上悟空背部，一起遠飛後正式結束連載。或許，那個「十年」也是鳥山明有心留白給集英社，讓他們日後可再二次創作吧！

服飾設計出自妻子手筆

鳥山明兩部長篇作品都能成爲經典，故事乃至世界觀都備受推崇，形成一種文化價值。各項畫面設計：人物、建築、機械、汽車、科技，更是尤如教科書級，讓無數後輩爭相仿效。但往往總是忽略了人物的服飾設計，由《IQ博士》、《龍珠》至《銀河巡警》，角色的穿戴都極爲時尚新潮，甚至還對潮流有著不少預測。

自認對女性不了解的鳥山明，又如何能對時裝熱潮有這樣的把控？原來依靠的是他背後的女人。由於鳥山太太加藤由美也是漫畫家出身，所以對繪畫漫畫有些經驗，衆所周知的是，鳥山明一般只有一名助手，連載《IQ博士》初期的助手是田中久志，

女生服裝設計的少女味，都是鳥山太太的功勞。

後期及《龍珠》初期，則是松山孝司，所以趕稿時鳥山太太也會在旁幫手。久而久之，喜愛時裝設計的的鳥山太太更爲人物角色尤其是女角設計服裝，所以會看到小茜、山吹老師、莊子、蘭芝等等女角經常更換造型，一些無關重要的女性角色，由於沒有什麼限制，更顯時尚感覺。在鳥山明一些插畫中，穿著熱潮服飾的女孩子站在他設計的機械前，更是常見的畫風，亦別具型格。

還對鳥山明的時尚美學有懷疑？杜拉格斯的短身牛仔外套、18號的迷你牛仔裙、撒亞人戰鬥服的短靴，你不會在街頭從沒看過吧？

排隊買《龍珠》影印本搶鮮

「斯路今期吞咗17號，變咗半完全體！」、「16號俾斯路踩爆咗個頭……」朋友自豪的將《龍珠》最新劇情傳開，可算羨煞一衆還在等待《EXAM》出版的龍珠迷（幸好當年還沒有「劇透死全家！」的說法。），朋友可以預知劇情，不是有什麼預知能力，而是全靠當年信和中心各大老翻店販賣的「影印本」！

由於90年代初《龍珠》發展到斯路篇後，「文化傳信」成功購得《龍珠》版權，並放在自家雜誌《EXAM》連載，不單使得一衆盜版血流成河，全部執笠，也令龍珠迷要看《龍珠》最新劇情，便請期待《EXAM》的出版！但《EXAM》的連載源於日本《週刊少年Jump》，一則來稿須時，二則翻譯須時，三則印刷須時，總之就是「須時」，而這個「時」大約是三星期左右，換句話說日本連載出來後，香港龍珠迷還要三星期才可以看到……（網絡還沒發達時，就是這種苦況！）

日賣成千上萬份

就這樣，作爲當年「老翻天堂」的信和中心，一衆極爲有「橋」的舖主，都心生一計，或是委托身在日本的友人，又或是直接在日本僱人，每當《週刊少年 Jump》出版，即時買來再將最新的《龍珠》連載，以 FAX 傳過來香港，再加以影印開賣。不得不說，「影印本」一出來，全港開炸，信和有賣的舖頭，必然出現長龍爭相購買，希望先睹爲快，觀看劇情最新發展。情況在進入「斯路遊戲」更是以瘋狂來形容，有小朋友還會等舖頭開門。

最「絕」是，「影印本」的製作就只是影印再釘裝，完全可以一邊賣一邊印，無須擔心什麼售罄。誇張的說，當時一份「影印本」約賣 $10，日賣成千上萬份不是笑話，所以印的那裡是《龍珠》漫畫，根本就是「印銀紙」（可能比印銀紙性價比更高）。

發展到中後期，有店舖更爲照顧不懂日文的讀者，將內容加以翻譯，送上一張中文對白紙，極爲窩心。不過，斯路篇完結後，布歐篇初期劇情沒太過緊湊，加上文傳也意識到「製作須時」問題，將流程加快不少，「影印本」才消聲匿跡。

一期賣17萬書!!!

《龍珠》的賣座力有多誇張？文化傳信約在1991年取得官方版權，而由於日本單行本已出版至第25期，文傳沒理由從第1期開始慢慢推出，估計不被龍珠迷鬧死，也只會助長盜版商。於是，當年文傳便決定以同步方式，第1期及第25期一起推出。這個做法可不得了，引述旺角信和中心漫畫店「一代匯集」店主在一些訪問中表示，當時第25期推出，便吸引大批讀者排隊購買，甚至必須借用信和中心後樓梯才足夠應付人流。當年你有沒一起去排隊？

最終單日的銷量便破6,000本，若然以開店8小時計，亦即每分鐘便賣出12.5本，想一想可能連找贖時間也要節省才達到。

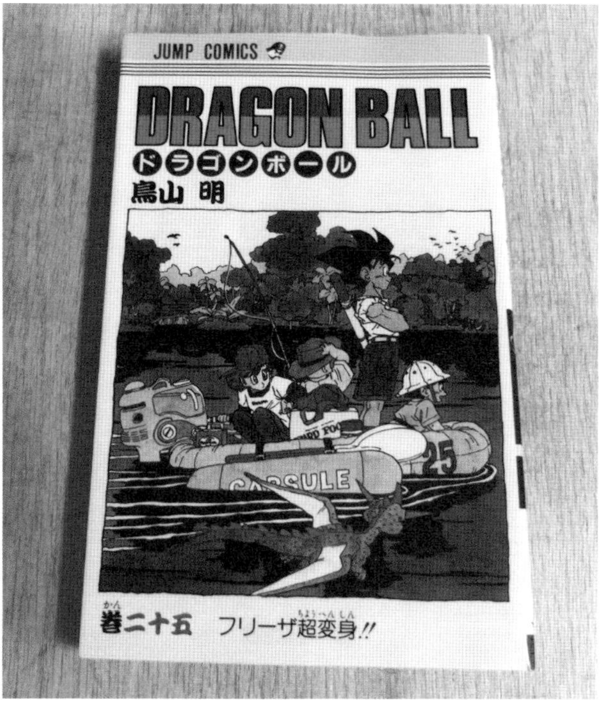

港版是緊貼日版第 25 卷發行。

據聞，這一期最終銷量達至 17 萬，打破了當時香港翻譯日本漫畫的最高銷量紀錄。而在文化傳信的官方網頁也表示，《龍珠》的銷量更突破 20 多萬本呢！

《多啦A夢》出現過小雲？

《IQ博士》單行本的第5卷以初版130萬的發行量，打破了《多啦A夢（叮噹）》保持一段時間的120萬紀錄，這很難不引起藤子不二雄的注意。但同行不一定敵國，藤子反而將鳥山明畫進了《多啦A夢》之中，用今天的說法，是抽了一波鳥山明的水。

在「大雄的漫畫週刊」一話中，多啦A夢利用編輯機械人去收集讀者意見，統計回來的最受歡迎漫畫家，雖然連載版時是寫著「鴨川つばめ」，但在單行本第17卷便改為「鳥山明」，香港文化傳信出版的《藤子・F・不二雄大全集》中，也是寫著「鳥山明」。

《多啦A夢》推出單行本時，也專門將對白更改。

不過，這也僅是藤子不二雄少少的改動。更厲害還有單行本第31卷中「漫畫情節的發展」的一話，出現了一套大受歡迎的漫畫《Dr. ストップ》，當時譯作《阿芭莉》，及後在「藤子・F・不二雄大全集」第19卷則改譯爲《IQ博士》。漫畫由「島山あらら（中譯：島山蘭）」創作，內容便是講述可愛女性機械人「アバレ（中譯：阿芭莉）」的故事。看著內容簡單描述，這不就是《IQ博士》及小雲嗎？

首先，《IQ博士》的日文是《Dr. スランプ》，與藤子不二雄杜撰的《Dr. ストップ》，差不多；島山明則直接變成島山あらら，「鳥」跟「島」已看著相似，「明」的日文讀音是「Akira」，與あらら(Arara)也是讀音相近，最難得是文傳的翻譯，將名字譯作「蘭」，跟「明」韻音相同。而漫畫中的人氣女機械人「阿芭莉」，日文是アバレ，跟小雲的日文名字本「アラレ」，讀起來也相差不遠。總之，藤子不二雄就是有意透過《IQ博士》，借題發揮創作出一個多啦A夢的短篇。

事情還沒完結，鳥山明在2007年創作了一個《IQ博士》的特別篇「Dr.MASHIRITO ABALEちゃん」，以馬斯特博士兒子做主角，便曾出現一個反叛版的小雲，名字正是「アバレ」，雖然不知是鳥山明回應了藤子・F・不二雄的杜撰版本，還是單純因為想突出這個小雲暴燥反叛性格，才使用這個名字，因為アバレ與「暴れ」同音，後者可解作「暴燥、瘋狂」。

藤子不二雄二創的《阿芭莉》。

還記得什麼是超西？

由於文化傳信在1991年初才取得《龍珠》版權，TVB則在1991年10月才啟播《龍珠二世》，之前坊間能租售到的漫畫或動畫亦只有盜版，翻譯當然並不統一，其中最爲龍珠迷常談到的就是悟空、比達、悟飯、悟天、杜拉格斯、Bobo所屬的撒亞人民族。

1989年漫畫在《週刊少年Jump》連載至サイヤ人人篇時，當時最早的盜版會音譯爲「西爾人」，因而在文傳還未推出正版漫畫前，龍珠迷都是沿用這個稱呼。當連續提及「超サイヤ人人」時，也順理成章譯爲「超西爾人」或「超級西爾人」，當時就連推出動畫VCD版的「鴻星影視」亦採用這個名稱。「超西爾人」

不少龍珠粉仍會稱呼「超西」。

逐漸便在龍珠迷中根深蒂固，及後甚至出現「超西」這個對「超サイヤ人人」的簡稱，即使TVB正式播放至超級撒亞人登場後，部分龍珠迷直至今天還是喜歡說著「超西」，始終是集體回憶，情況就似「叮噹」改名「多啦A夢」，但不少人還是會說「叮噹」一樣。

此外，盜版猖獗的年代，租賃漫畫店鋪引進的多是台灣翻版，因而會以普通話音譯「サイヤ人人」爲「賽亞人」，及後台灣東立取得台灣發行權後，一直繼續沿用。香港讀者則普遍看習慣了，即使在其他渠道看到這個稱呼，也自然會將之理解爲「撒亞人」，不會出現觀看障礙。內地方面，可能讀者起初大多也是觀看台灣版，又或同以普通話音譯，所以「賽亞人」成爲內地官方譯名。

當然對香港最多的龍珠迷而言，還是「撒亞人生於這個地方，稱呼叫悟空（稱呼叫悟空~~~）」，你不會不懂得唱吧？

大師豈止兩套巨作

作爲漫畫家，一生人擁有一套巨作能夠在讀者心裡留個位置，已算非凡成就，鳥山明卻擁有《IQ博士》及《龍珠》共兩套，更是神級存在，也難怪在《龍珠》完結後，便沒再有長篇連載作品，偶而創作的短篇，最多也只夠編集成一期單行本。但這反而讓鳥山明有更多發揮空間，可嘗試更多不同的故事，所以雖然都是短篇作，更能看到鳥山明更天馬行空的世界觀。

COWA!

故事講述妖怪柏夫與相撲手丸山眞虎結伴到貓頭鷹山，向魔女索取醫治「妖流感」的藥。鳥山明以兒童畫冊方法創作，從而帶出柏夫與丸山帶點溫情的互動交流。

貯金戰士キャッシュマン（儲金戰士 Cashman）

尼狄滋奧蘭惑星的警察滋奧蘭因爲追緝犯人時，太空船燃料中樞遭受破壞迫降地球，途中更撞死了地球警官察巴，滋奧蘭於是與察巴融合留在地球，一邊當警官，並偶而變身 Cashman 打擊罪案，順便努力賺取 17,000,000 日圓以購買太空船需要的黃金燃料。鳥山明僅繪畫了頭 3 話，後續則轉爲監修，改由小山高生編寫劇本，中鶴勝祥作畫。

カジカ（KAJIKA）

鳥山明以電腦進行創作，內容則是讀者熟悉的冒險故事，講述卡迪爲解除妖狐咒語踏上旅程，中途還拯救了少女哈也。

ネコマジン（貓魔人）

悟空徒弟貓魔人的各種冒險格鬥故事，雖然是魔人卻能夠使出「貓波氣功」，及後還穿起悟空的道服，打贏了超級撒亞人奧利歐，可惜篇幅有限未能與菲利的兒子古利再打一場。後段故事，比達、布歐以及悟空均有出場，卻不以格鬥爲主，整體故事重拾鳥山明的溫馨搞笑感覺。

SAND LAND

還是鳥山明擅長的冒險漫畫，惡魔王子貝路謝保保和天才軍人司巴合展開尋找水源的旅程。2024 年不單被改篇爲電子遊戲，還在 Netflix 平台推出動畫版，也算是鳥山明《龍珠》之外的遺作。

銀河パトロール ジャコ（銀河巡警 JACO）

被龍珠迷稱作「龍珠前傳」，講述銀河巡警 JACO 因任務來到地球，擊殺即將到來的撒亞人小孩（孫悟空），卻因太空船壞了流落地球，後來認識莊子的姐姐達爾絲。故事最後一話不單有年幼莊子登場，還可見悟空的丸型太空船及身穿撒亞人戰衣的悟空，JACO也在《龍珠超》中成為主要角色。此漫畫不單將以往設定中悟空降落地球時的年齡從嬰孩更改為幼兒，更有附加篇中悟空親身父母的登場，也將動畫版巴達古的故事大幅改寫，悟空也不是因為戰鬥能力過低被送往地球，而是巴達古擔心菲利的陰謀，希望悟空可在遙遠的地球好好活下去。

三星珠
動畫電影

深宵追看《龍珠二世》的痛苦還記得嗎？超級撒亞人孫悟空首次出現的一刻，你有尖叫嗎？《IQ博士》的曳曳版不會沒看過吧？

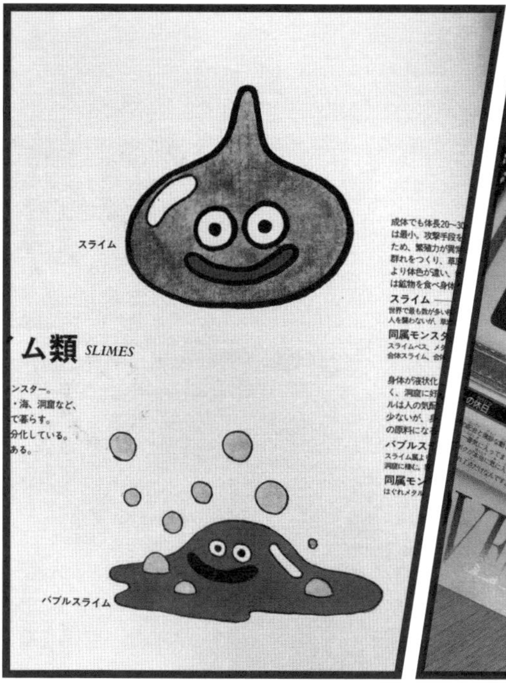
スライム
ム類 SLIMES
バブルスライム

VISUAL
VENTURE
COMMENT

龍珠「超爛」真人電影

都說動漫一經真人化，都難逃「崩壞」的結果，而2009年由20th Century Fox製作的《Dragon Ball Evolution》便是完美示範，也堪稱史上最垃圾真人動漫改編電影，無論是故事、人設、打鬥、特效，都是一個「爛」字，不單是亞洲區龍珠迷不賣帳，就連歐美地區同樣是唾罵不斷，IMDB只有2.5分，爛蕃茄更只有14%評價，當年全球票房也只有約5,570萬美金。

2016年，身爲編劇的Ben Ramsey更是在一次訪問中，向全球龍珠迷致歉，直白說出自己當年不是作爲粉絲，僅是爲追求金錢利益的商人工作，因而缺乏激情，最終讓龍珠迷失望了。此外，在鳥山明過世後個多星期，當年在電影中飾演悟空的Justin

《Dragon Ball Evolution》電影海報，除了悟空外，沒一個可以認出是龍珠人物。

Chatwin 也爲著當年拍了一套爛片，發文向鳥山明表達歉意。

至於電影有多爛?可以看看一些電影細節。

1 全片開頭就是典型美國青春校園劇，悟空還被欺淩。

2 悟空不是山上的野孩子，而是高中生。(這是悟飯還說得過去。)

3 悟空不愛習武，還要求爺爺不要教自己武功，教追女仔。

4 芝芝是悟空的暗戀對象，還不敢表白。

5 芝芝都是短裙扮相，大 Show 美腿。

6 莊子戰鬥力超強。

7 笛子魔王的造型就似是老翻 Marvel 的史克魯爾人(Skrull)。

8 龜波氣功的學習方式是先用來點燈/蠟燭。

9 悟空是笛子魔王手下的轉世。

10 悟空變身的巨猿，只是長高了一兩個頭。

11 結尾，悟空與芝芝來個激吻。

若然只看以上片段，會有人還覺得是《龍珠》嗎？

電影整體感覺根本與《龍珠》完全不同。

集英社拒絕支付干預權

《Dragon Ball Evolution》收場究竟爲何如此慘淡？畢竟日本人該很重視自己的 IP，尤其是像《龍珠》這樣的巨著。據鳥嶋和彥於 2019 年在日本東京的文化學園大學作特別演講時便提到，原來當年集英社只是授權 20th Century Fox 開拍眞人版，但並沒取得對劇本進行監修的權利。及後，鳥嶋咨詢律師後才得悉，若然集英社有需要插手干預製作情況，必須要支付 50 億日圓給製作方，取得相關權利。然而，集英社並不願意支付如此高昂費用，就不了了之的。最終結果，便是一部超核爆級爛片的面世。唯一好處，集英社經此一役也得到教訓，在授權時還會要求取得干預的權力，所以《One Piece》的眞人版才能叫好叫座。

掛名監製周星馳

都知道龜仙人是由周潤發飾演，原來《Dragon Ball Evolution》還藏著另一周「周星馳」。當中他的確是應允擔當監製一職，也基於本身對《龍珠》熱愛，在各方面提了不少意見，但製作方明顯就是一個利益掛帥的商人，也不理解《龍珠》的魅力所在，所以一切意見均充耳不聞，最終周星馳僅在片尾製作人員名單成爲掛名監製。

台灣眞人版電影貼近原著

《Dragon Ball Evolution》是《龍珠》的黑歷史，但原來早於1991年，台灣便曾推出過眞人版電影《新七龍珠》。雖然影片該沒獲正式授權，製作上頗爲粗糙，不過看得出製作團隊以至是演員都對《龍珠》有一定認識及喜愛，當中還原了不少原著場面，例如悟空與莊子初見面時被車撞又開鎗狂轟，電影都有演出來，再加上特效還包括了悟空騎筋斗雲的鏡頭，整體的確有拍出原著的味道。最值得一讚是，龜仙人的扮演者，眞的活靈活現咸咸濕濕的感覺，尤其是與百戒變身的莊子「叭噗叭噗」一幕，太正的。

台灣翻拍的雖然很粗糙，但誠意十足。

同人版成龍珠之光

眞人版電影還是該由充滿熱情的粉絲來拍，就像是《Dragon Ball: Light of Hope》，由一班《龍珠》愛好者集資 10 萬美金組成獨立團隊 Robot Underdog，經過長達兩年拍攝製作。於 2019 年在網上一推出，旋卽受到全球粉絲的激讚，直指它才是帶有熱誠的《龍珠》改編作品，累計已超過 900 萬觀看數字。故事內容取材自外傳《絕望中的反抗！！孤獨的超級戰士》，講述未來杜拉格斯與悟飯對付 17 號及 18 號。

同人製作，但無論是故事及造型還原度極高。

《Dragon Ball: Light of Hope》
https://www.youtube.com/watch?v=Y9qRbQRne20

港產老翻龍珠角色

喜歡跟風的香港電影又怎會不抽《龍珠》水?所以不少搞笑電影都會加插《龍珠》角色。當中，較經典便有《超級學校霸王》張衛健的「吳君如」，戲內對白還專門說:「我唔係悟空，我叫吳君如。」但原來吳君如還真的在《花田囍事》中打扮成悟空，還被許冠傑揶揄說「龍珠」。另外還有《賭聖2:街頭賭聖》內葛民輝以一本《蛇珠》變身成「杜格拉底斯」，以及吳孟達的「笛子魔童」。

港產片的「龍珠」角色。

IQ博士也有真人版

除了《龍珠》，《IQ博士》也曾有真人版，還不是同人作品，是正式取得官方授權。但不是電影，而是2016年日本日本服裝品牌GU的廣告系列。由日本模特兒中條彩未扮演小雲，雖然無論身高體型完全不像，但穿起小雲的招牌工人褲、戴著鴨嘴帽，手拿便便，活脫就是可愛的小雲，只是多了點性感噴血感覺。同場還有小茜、太郎、小雄、草菇妹妹、小吉。

GU 的廣告中的《IQ 博士》。

プリーツスカート「アラレがスカート!?」篇
https://www.youtube.com/watch?v=2oJtrxzh7fo

悟空日本聲優從不預先看漫畫

即使是香港龍珠迷，也會知道，孫悟空的御用聲優（配音員），乃至悟飯、悟天、巴達古及其他長著悟空樣子的所有角色，都是同一人聲演，她就是野澤雅子小姐。而原來，當初決定悟空配音人選的正正就是鳥山明本人，在《龍珠大全集3》的訪談中，他是聽了5、6個候選者後，才篤定了野澤雅子，而從此她的聲音便與悟空融合一起，就是鳥山明在繪畫悟空時，腦海也會浮現她的聲音。

但有趣的是，日本聲優都會在配音前先觀看原著，好能了解角色或劇情。但野澤雅子小組負責《龍珠》眾多悟空樣子角色，卻在《Jump Gold Selection 龍珠Z動畫Special 2》的訪談中

孫悟空一家的御用聲優：野澤雅子。

坦言，她配音前是不會預先觀看漫畫，也不去了解劇情發展。據其本人解釋，她是很想觀看的，但又怕預先了解劇情會令感覺不再新鮮，沒了那種「悟飯之後會怎樣？」的感受。不過，野澤雅子亦表示，動畫播放後，她還是會再去觀看那一段原作漫畫的。

鳥山明不喜歡GT？

對於《龍珠GT》，總有傳聞指，由於並非鳥山明原創及參與製作，他本人是並不樂見，甚至有口痕友還將GT二字解讀成「Gomennasai Toriyama（ごめんなさい，鳥山）」，也就是「對不起，鳥山」，是製作方向鳥山明道歉。

說法自然是極盡荒謬。在《龍珠大全集7》附送的《神龍通信》中，便有一篇關於鳥山明回答對《GT》的看法。他首先承認了《GT》與他沒有關係，他本人只是對故事大綱提了些建議，也給幾個角色畫了人物的老年設定，包括留了鬍鬚的比達。不過，鳥山明還是覺得《GT》很有趣，給了他一種「原來可以這麼一種畫法」的感覺，甚至還感嘆表示，如果有了悟空變回少年的故事

《神龍通信》中，鳥山明表示 GT 很有趣的。

設定，或許連載還可以繼續。想不到的是，來到 2024 年，鳥山明眞的親自操刀，創作《龍珠 DAIMA》，講述悟空變回少年的故事。

《龍珠》的平行宇宙

作爲動畫原創，《GT》更像是《龍珠》的平行宇宙故事，完全獨立於鳥山明的連載版及有份參與創作的動畫或電影等正傳故事。至於，由鳥山明參與動畫原案製作，漫畫由とよたろう（豐太郎）繪畫的《龍珠超》，才算是正統的續作作品，也因此《GT》中的設定很多也沒被採用，最明顯是「超 3」之後的進化，《GT》中的「超 4」便被丟棄，改以藍髮、紅髮超級撒亞人，乃至「自在極意」取代。

但正如鳥山明認爲《GT》有趣，也很值得推介，《GT》在故事上的確有取勝地方。《復讐鬼ベビー編》參考了電玩《サイヤ人絶滅計画》，補完了整個比達星及撒亞族人的設定。《邪惡龍篇》將最終大 Boss 設定爲七顆龍珠黑化後的邪惡龍，也是一種「情理之中又意料之外」的感覺，故事的結尾以悟空騎著神龍遠去，而將龍珠融入體內，亦稱得上完美的結局。最重要是由坂井泉水所寫的主題曲「DAN DAN 心魅かれてく」，百聽不厭。

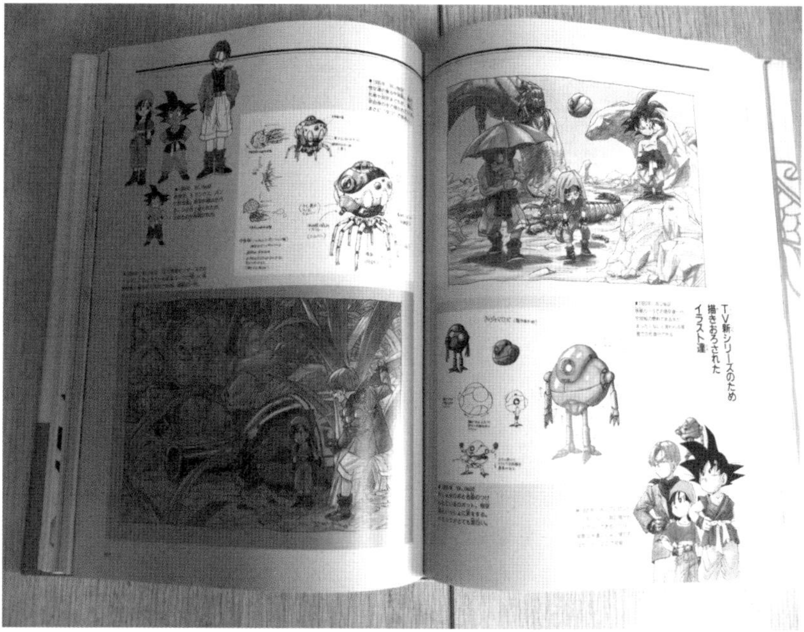

GT 的原案設計。

動畫主題曲會記得哪一首？

《IQ博士》及《龍珠》動畫香港都有播過，而粵語卡通歌盛行的七十年代至八十年代中，主題曲當然都會有粵語版本，《IQ博士》甚至由樂壇天后演唱過，可謂童年集體回憶。至於多套《龍珠》的動畫版，則有高有低，有一首響起前奏就必然會哼得出歌詞，也有完全沒印象，各位又最記得哪首？

香港女兒首唱《IQ博士》

「靈感IQ稱得上……」，在八十年代成長的，相信一聽到這幾個字，都應該可以一整首唱出來。這首引用日文原曲，由鄭國江重新譜詞的主題曲，當年由剛出道不久的梅艷芳主唱。旋律上本來已很燒腦，鄭國江更將《IQ博士》瘋狂搞笑又歡樂氣氛都寫進歌詞，更是朗朗上口。「小雲同小吉好重要」、「豬仔嚟啦」更唱到街知巷聞。加上，香港女兒梅艷芳逐漸走紅，最終成就樂壇天后，而她以搞笑灰諧風格唱出的《IQ 博士》主題曲便更加經典。

《龍珠》初代原來也有粵語主題曲？

《龍珠》動畫雖然比起《IQ 博士》更熱播及受歡迎，但播出初期還沒有主題曲，沿用日文版《摩訶不思議 アドベンチャー!》。不過，歌曲的輕快及至中段的強勁節拍感，香港龍珠迷即使不懂日文，該都會哼上幾句。後來，TVB 也爲《龍珠》譜上原創粵語主題曲《漂渺的遠方》，梁榮駿作曲、綠葉塡詞、黃翊主唱。但不懷疑地，歌名、作曲、塡詞及主唱的名字，該只有黃翊是較爲熟悉，所以這首歌的傳唱度也的確很低就是。

不懂唱《龍珠二世》第二首主題曲不算龍珠迷！

《龍珠二世》在最初已有粵語主題曲，但卻不是耳熟能詳的「撒亞人生於這個地方……」那首，而是由陸家俊主唱的另一版本。樂曲沿用日版的〈Cha-La Head-Cha-La〉，粵語歌詞則由因葵填上，動畫播出約兩年後便被更換，所以也較少人知道。

張崇基、張崇德兩兄弟主唱的第二首《龍珠二世》主題曲，相信就最多人聽過了，也是不少龍珠迷的集體回憶。這可能因爲它一直被用到《龍二世》完結，歷時也有近四、五年。此外，樂曲還是日版的〈Cha-La Head-Cha-La〉，亦再由因葵負責填詞，但今次明顯將龍珠的不少元素都寫入歌詞，例如開首第一句便是「撒亞人生於這個地方稱呼叫悟空」，還有「有條龍吒吒於半個夜空可幫你成功」、「爲了正義力保七粒珠更勇」，相信各位聽著音樂、看著歌詞，都能看得到畫面。

《龍珠 GT》旋律最好聽

緊接《龍珠二世》的《龍珠 GT》，TVB 在較後的 1998 年才開始播放，不過並沒粵語主題曲，沿用日版的〈DAN DAN 心魅かれてく（心漸漸被你吸引）〉。

此外，原曲實在太好聽，也吸引不少網友重新填上粵語歌詞，分別由三本目改篇的〈再闖天地〉及黎特的〈我們都是孫悟空〉，質量都非常高，從歌詞也感受到他們對龍珠的熱情，才有著這樣滿滿的情懷。

在鳥山明過世後，透過 AI 讓黃家駒聲音演唱不同歌曲的 Youtube 頻道「KaKuiAI」，爲感謝這位天才漫畫家，也利用他們的 AI 技術，讓「家駒」唱出〈再闖天地〉，感覺如何，可以去聽一下。https://www.youtube.com/watch?v=TYQYMS6qhE0

識唱《藍龍》動畫版粵語主題曲嗎？

動畫而言，與鳥山明相關的不只是《IQ 博士》及《龍珠》，還有由鳥山明美術設計的遊戲《藍龍》所衍生出的動畫版，TVB J2 台也在 2008 年及 2010 年分別播出第一季及第二季。兩季的主題曲均屬原創歌曲，第一季的〈奇幻旅程〉，由梁弋文作曲、鄭櫻綸填詞及王祖藍主唱，第二季的〈光的希冀〉則由葉肇中作曲、宋沛言填詞及陳康健主唱。說到兩首歌的熱唱度，或許跟動畫的收視不差多少，至少沒引起什麼熱潮，想必歌曲也僅只看過影片的觀眾知道。

深宵追看龍珠二世

《龍珠》動畫版分作《龍珠》及《龍珠Z》，以悟空與芝芝結婚爲分水嶺，也切合轉變爲以戰鬥爲主的內容劇情。《龍珠Z》被TVB譯作《龍珠二世》，頗有意思，動畫初期悟空兒子悟飯戲份不少。

《龍珠》自1988年2月在《430穿梭機》時段內首播，有趣是在1989年9月，《430穿梭機》交棒《閃電傳眞機》，所以《龍珠》也就經歷了兩代兒童節目。不過，當時遷就十五分鐘的播放時間，一集《龍珠》被剪成上下兩段，節奏十分緩慢，所以《龍珠》首播未能造成熱潮。

官方曾推出的兩本《龍珠Z》特刊。

至1991年10月《龍珠二世》啟播，才因爲漫畫積累的人氣，開始爆紅。不過，當年要追看《龍珠二世》絕對需要「捱得眼訓」，因爲它被安排在深宵的12:05播放。這樣的安排要從另一套當年也是熱爆的動畫《聖鬥士星矢》講起，因爲《聖》有大量血腥暴力鏡頭，但它又實在太受香港動漫迷期待，所以爲引進《聖》，TVB特別開創星期六晚上12:05的成人卡通時段，並強調「無刪剪」（雖然後來還是有刪剪，還會抽起一整集不播放。）自此之後，TVB更將一些非兒童向的動畫放在這個時段，《聖》播畢後接棒的正是《龍珠二世》。

時段一改再改

想當然地，要收看《龍珠二世》，便要等到凌晨，而由於每次播放兩集，即完場便是深夜1點，對於被父母養（迫？）成早睡習慣的小朋友，還真的不是容易事情，所以當年不少人都會「先瞓一陣」，待到播放時間才再起身開電視收看。尤其是劇情進入到悟空與菲利大戰的一段，更是全城熱話，大家都在等悟空變身超級撒亞人一幕，而當金色爆氣正式出現，當年的興奮感覺，想必有在電視機前觀看的都一定記憶猶新，也覺得就算捱眼瞓也是好值得。

繼「菲利篇」完結及動畫原創的《魔凶星篇》播出後，《龍珠二世》也是於 1993 年 3 月暫停播放。再 1993 年 9 月續播人造人篇時，播放時段也被更改為逢星期二晚上 11:05，接棒《城市獵人》。雖然時間是改早了，但日子是平日，以往就算是放到星期六深夜 12:05，因為隔天是星期日，小朋友還是很大機會得到許可收看，但放到星期二又是原本《城市獵人》的時段，意識肯定有問題，因此反而更多小朋友沒機會看到。

人氣動畫對撼戰

幸好情況只維持了兩個月，時間來到 1993 年 11 月，亞洲電視購得《亂馬½》的播映權，並安排到逢星期日晚上 10:05 播放，TVB 爲搶收視，唯有將《龍珠二世》也調至相同時段打對台，小朋友終於可以不用捱眼瞓，兼且可在黃金時段內收看《龍珠二世》，這樣龍珠迷們才眞正擺脫「捱眼瞓等睇龍珠」的苦日子。

可惜，在 1994 年 9 月播完「斯路篇」及後續的動畫原創故事，《龍珠二世》暫停近兩年，再於 1996 年 6 月啟播「魔人布歐篇」時，時間又再次搬回逢星期六晚上 12:05 的凌晨時段播放，直至《龍珠二世》正式完結也再沒更改，大家又再次要繼續「捱眼瞓」！

不過，「捱眼瞓」不是最慘，更慘是在等到播放一刻，TVB 由一把男人聲說出「由於節目調動關係，《龍珠二世》將暫停播映，敬請留意。」忍不住的咒罵聲響遍全港……

《龍珠二世》香港播放時間線

1991 年 10 月 6 日 - 1993 年 3 月 7 日 逢星期六晚上 12:05 – 1:00	撒亞人篇 菲利篇 (原創)魔凶星篇
1993 年 11 月 28 日 - 1994 年 9 月 25 日逢星期日晚上 10:05 - 11:00	人造人篇 斯路篇 (原創)那個世界的武道大會篇
1996 年 6 月 8 日 - 1997 年 6 月 21 日 逢星期六晚上 12:05 – 1:00	魔人布歐篇

《龍珠》原汁原味重新配音版

由於《龍珠》最初在香港播放時是在《430 穿梭機》及《閃電傳眞機》的兒童節目時段，所以無可避免一些帶「鹽花」或意識不良的情節必然被刪減，甚至還會在對白上作出改動或「被消失」，最經典是八戒向神龍許願索要底褲的重要一幕，對白被改爲「要吃一頓美味大餐」，的確令人摸不著頭腦。

及後，在2011年，TVB將《龍珠》重新配音並安排在J2台播放。重配版的對白跟足原版外，之前被刪剪的片段也儘量保留下來，更爲原汁原味，也滿足不少龍珠迷小時候未能看到的遺憾和心願。而估計TVB有意重新製作《龍珠》的原因，或許基於日本東映動畫將《龍珠Z》重製爲《龍珠改》有關，TVB亦有購入版權，所以先來播放重新配音版《龍珠》來爲觀眾炒熱氣氛吧！

《龍珠改》香港沒播放「魔人布歐篇」

2009年，《龍珠二世》迎來日本播放20周年紀念，所以東映動畫決定爲它推出「重製版」並以「改」字作命題，取名《龍珠改》。片頭曲、片尾曲及配樂重新製作之外，部分畫面也有更新。不過最重要是將當年《龍珠二世》因追及漫畫連載，不得不自主原創的劇情全部刪除，令《龍珠改》跟足漫畫進度發展。成爲無數龍珠迷惡夢的「跌落蛇道」內容，終於被剔走。此外，一些比較拖戲的內容也被濃縮，令整體感覺節奏更明快，當初《龍珠二世》被人垢病幾集都還未開打的情況都被改過來，因而由「撒亞人篇」開始至「人造人篇」完結，《龍珠二世》共199話，但《龍珠改》第一季僅98話，足足少了一半。

《龍珠改》在日本播放至「人造人篇」完結，便在2011年3月暫停，直至2014年4月才播放第二季「魔人布歐篇」。TVB原本也在播放自家重製的《龍珠》後，緊貼於2012年4月開始播放《龍珠改》。不過，在2014年4月播放第一季後，卻沒繼續引進第二季。隨著《龍珠超》的播映權落在ViuTV之手，並於2021年5月啟播，相信《龍珠改》「魔人布歐篇」也更難有粵語配音版。

15集曳曳IQ博士

《IQ博士》動畫版，當年被TVB安排在下午6:00播放。由於仍是兒童節目時段，故事內千平博士又或其他角色咸咸濕濕的「鹽花」內容自然要一律刪走，但即使一些較敏感或會引起不安的情節，亦是不能留低。雖然會導致劇情有點「跳格」，但爲保障小朋友心智，也是無可厚非。

不過，當中還是有很多集本身涉及的成人內容或敏感話題實在太多，甚至刪也不刪不走相關情節或對白，便唯有直接抽走，所以日本版全套合共243集，香港當年僅播放了228集，其中15集在播放時已被TVB禁播。由於，《IQ博士》基本上每集內容獨立，所以當年觀看也不會察覺原來漏看了15集。

原汁原味

當然，資訊發達下，《IQ博士》迷也希望可看到這15集的粵語配音版，TVB也順應民意，加上TVB的數碼電視頻道J2台，定位是年青一輩，播放非兒童取向的動畫也完全沒多大問題，所以2011年2月，TVB便將那15集抽走的內容重新配音，並以《曳曳IQ博士》劇名在J2台播放。而不負「曳曳」的名義，該15集內卽使出現「底褲」、「偷窺」、「裸露」或其他引起不安的情節全部保留。舉例第107集「變身！堅堅頭盔」，小茜變身爲千平博士四處非禮少女的咸濕情節，也沒被刪走；第20集「草菇離家出走」中作爲幼童的草菇妹離家出走，還食煙、扮飛女、頂撞警察等等意識不良畫面一樣保留下來；第147集「你和我的旅程」整集均圍繞小雲喜愛的「米田共」，也「原汁原味」播放，不嫌污糟。

此外，TVB還找來黎耀祥聲演千平博士，雖然他的聲線很有個性，總令人想起柴九哥，但他用心表演出來的咸濕、猥瑣個性，仍是很入型入格，極有代入感。

《曳曳IQ博士》對應集數及標題

09‧‧土多啤梨底褲大作戰
15‧‧小雲出去買嘢
20‧‧草菇離家出走
26‧‧小雲的眼睛大作戰
36‧‧爆笑搞鬼的魔鬼少女
41‧‧實物機器
42‧‧森林王者巴山
46‧‧來自天神村的愛
64‧‧嗚呀嗚呀千平
91‧‧清清楚楚，命運的安排
107‧‧變身！堅堅頭盔
147‧‧你和我的旅程
189‧‧O！My 夾萬
206‧‧撞擊亞雷彗星
224‧‧提升心跳的茶座

拖戲拖戲又是拖戲

《龍珠二世》播映時，最苦惱是要「捱得眼瞓」，必須等到晚上12:05電視才播出。但這還不是最苦惱，更苦惱或更地獄是都等了一星期，怎麼進度才推前了一點點，中間夾雜大堆原創但又沒意思的劇情。最離譜是悟空與菲利大戰，爲什麼要時不時穿梭界王星Z戰士與精英軍團戰鬥的的劇情？不能直接跟漫畫版兩個人一直打到尾嗎？當年在一邊看這種「拖戲」一邊鬧的聲音絕對是不少龍珠迷的集體回憶。

後來，從多方面得知，原來不能責怪東映動畫的製作單位，當年烏山明實在畫得太緊湊，節奏也極爲明快。對漫畫讀者而言，拳拳到肉，氣功波亂放，絕對看得大呼過癮，但對製作單位而言，

跌落蛇道的幾集，絕對是龍珠迷的集體惡夢。

卻是地獄般的惡夢。Jump Coimcs 曾推出《Dragon Ball 天下一傳說龜》的龍珠解說本中附篇漫畫《奇跡全開！Z パワー男たち》中便講到，鳥山明 15 頁的打鬥場景原稿，原來只能製作成 10 秒的動畫，但動畫可是扣除片頭片尾廣告，也至少 20 分鐘，這要如何處理？其中一個辦法便是加入慢鏡頭，但極其量也只能延長至 3 分鐘，所以無可奈何地唯有加入大量的原創內容，補足動畫需要的時間。

估摸天才的想法

不過，打鬥緊湊令動畫時間不足是一個問題，還有問題就是日本當時動畫的播放已迫近鳥山明的原稿漫畫。換句話說，製作單位沒有存稿，必須近乎與鳥山明創作的後續劇情原稿同步製作，時間非常趕急，也是用原創內容來「拖戲」的原因。雖然後來在責編近藤裕的建議下，不必等待鳥山明原稿，而是採用他一般早於一個月前便完成的手繪草稿，再根據劇情來製作動畫。原本，這個方法的確可將流程變輕鬆，但又產生草稿太潦草的問題，令負責繪製動畫分鏡的前田實，只好用他長年爲鳥山明製作動畫的經驗，估摸天才的想法來完成動畫的分鏡，雖然多多少少會令內容有所差異。

在製作如此多嚴苛限制下，也難怪菲利由最初型態變身至最終型態，漫畫版只花了五話（第二百九十六話至第三百零一話），動畫版卻是花了整整 7 集（76 至 83 集），看來當年不該喪鬧製作單位。

附篇漫畫中還交代一則趣事，原創劇情當然必須取得鳥嶋或集英社的同意，不然隨時又要推倒重來。

當年的動畫製作團隊可是心力交瘁地製作《龍珠二世》。

鳥山明最後遺作《龍珠 DAIMA》

於2024年3月1日病逝的鳥山明，在逝世前正與東映動畫爲《龍珠》40周年合作推出最新動畫《龍珠 DAIMA》。故事原案以至角色設定均由他本人親自負責，也是自《龍珠超》在2015年結束後六年再度爲《龍珠》進行的全新創作。

標題中「DAIMA」一字，是「大魔」的日文發音，所以可叫作《龍珠大魔》。由於有著邪惡的意思，估計動畫或會出現比較邪惡的大Boss。觀看早在2023年11月便在紐約動漫展公布的預告片，以及官方的介紹報道，故事內容將是悟空與其他衆人，包括比達、莊子、界王神，均受到來自某兩個神秘人的陰謀，全部變成少年模樣。正如製作人伊能昭夫提到，鳥山明爲《龍珠

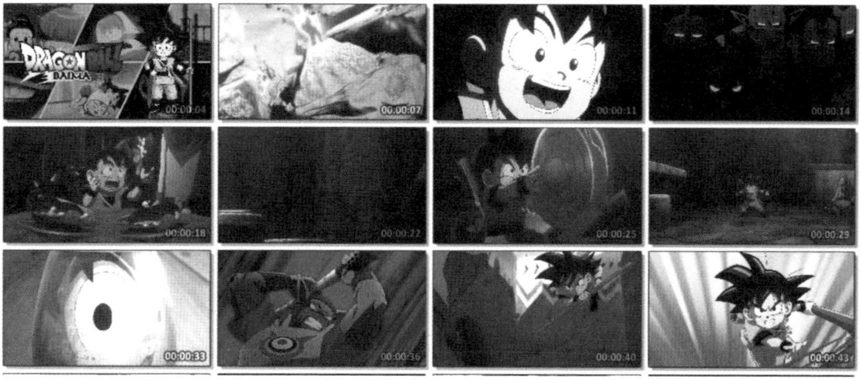

Trailer 中不只悟空，近乎所有角色都變成小朋友。

DAIMA》創作了不少新人物，也添加入更多的新奇創意。因而，預告片也顯示悟空也會出發往未知新世界遇上不同人物，對上不同戰鬥，吃上不同美食。

動畫的正式播放時間將是 2024 年秋季。估計作品完成度已極高，所以鳥山明的離逝該不會造成太大影響，大家看到的《龍珠 DAIMA》，將是鳥山明在人生最後，構思出來最符合《龍珠》世界觀的故事、人物及設定，而這將也不會再有下次。

官方 Trailer
https://www.youtube.com/watch?v=7JRBJ3Ldhsc

JUMP COMICS
DRAGON BALL
ドラゴンボール
鳥山 明
巻二十五 フリーザ超変身!!

鳥山明大図鑑
保存版
FIAT
AKIRA TORIYAMA

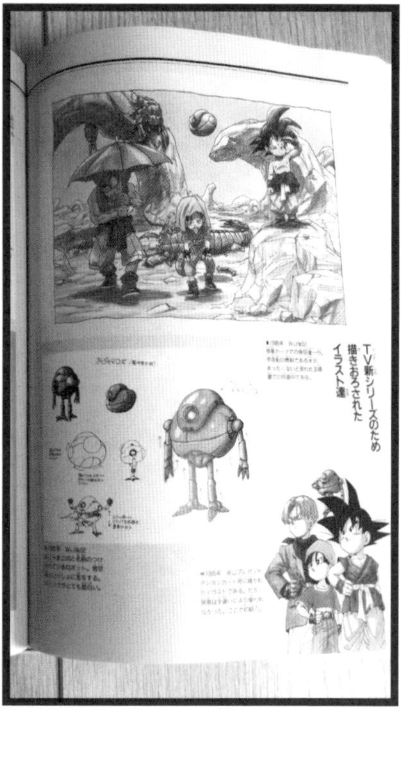
TV新シリーズのため
描きおろされた
イラスト達

四星珠
周邊玩物

萬變卡，你有儲了幾張？閃卡有炒過嗎？小雲的公仔原來真的好多款！這些周邊產品對你我的影響，可能比動漫更深。

龍珠萬變卡好玩新奇又值錢

要數《龍珠》周邊產品最受歡迎，必然是由日本 Bandai 自 1988 年 11 月起，推出的「龍珠萬變卡（カードダス，Carddass)」。當年無數小朋友寧願節衣縮食，也要到玩具舖或卡舖主動課金抽卡，也所以龍珠扭卡機數量絕對比現時流行扭蛋機更多。如此受歡迎，主要當然還是每張萬變卡上不同《龍珠》人物及場景的圖畫，設計上相當吸睛，結合動漫畫的劇情推進，自然更多小朋友想擁有一兩張萬變卡，好能與同學朋友有同樣話題，圍起來熱烈討論，若然有抽過卡的朋友相信都會有所同感吧！

龍珠萬變卡直至 1997 年推出第 30 彈以及特別彈，才算是正

左圖的閃卡中的插圖是鳥山明自稱最滿意的插圖。

式迎來結束。萬變卡每一彈都是由36張白卡及6張閃卡組成，而閃卡又會有鐳射卡、閃中閃、暗閃、單閃；此外，也會有分本彈系列、激鬥系列、風雲系列、條碼系列，以及由Amada製作的PP系列等五大系列。1990推出第5彈後，由於卡片的排版有了統一風格，所以同年日本Bandai重製第1彈及第2彈，也就是被稱作「龍珠90」，次年的1991則重製了第3彈及第4彈，稱作「龍珠91」。

萬變卡受歡迎的原因還包括了它的玩法，卡上的BP值對應《龍珠》設定的「氣」及戰鬥值，所以日本Bandai當年也有推出相應的戰鬥探測器，讓人戴上後可看到萬變卡上隱藏的戰鬥值。不過，1992推出第10彈，進入人造人篇後，由於設定上人造人沒有「氣」，加上戰鬥值已到達超跨張的數值，BP也改爲DP。

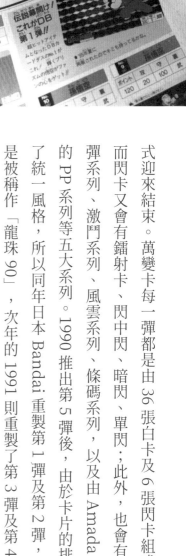

能量探測器可觀看萬變卡的能量值。

2015 年日本 Bandai 則復刻了 132 張較受歡迎的萬變卡，再次掀起了另一次熱潮，始終是童年／集體回憶。

不過，要說萬變卡最讓人瘋狂還是因爲它有價有市，尤其是各類閃卡，1 張 20 日圓本價的卡，即使是當年也可以值過百元港幣。不少小朋友，都是因爲龍珠萬變卡發家致富，培養起對投資（是投資，不是炒賣）的認識，也明白到「千金難買心頭好」的道理。

用電筒照卡

由於閃卡都會「閃」，自然對光會有反應，所以聰明的小朋友會用電筒照射出卡位，觀察有沒有「反光」來決定是否入錢扭卡。另外，還有個說法，閃卡較白卡彎曲，照卡時還可以數到還有多少張才會出閃卡，因而當年會有不少「大哥哥」會鼓吹別的小學生去某部扭卡機抽卡，待即將是閃卡出現時，便推開他們自己來抽。

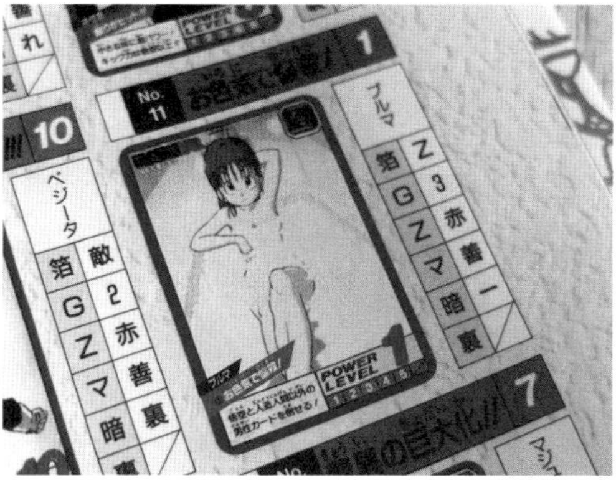

莊子的出浴卡

香港被禁萬變卡

《龍珠》早期都帶少少鹽花，少少咸多多趣，所以第 1 彈及第 2 彈的圖畫也有幾張是頗性感，例如 66 號卡便是天下第一武道大會出場的蘭芳脫衣服畫面。而萬變卡又多是小學生抽玩，所以據傳，香港教育署當年便將兩張卡列爲禁卡，不許販售，兩張卡分別 11 號卡「莊子入浴」及 110 號卡「無限送咸書」。

必須搣開才完善

閃卡其實是貼紙，可以搣下來。早期還未知價，不少閃卡便被搣開了。但後期，當然是打死了也不會再搣，可能日本 Bandai 都知道這個情況，所以會推出由 16 張卡，可組合成一張可見一整條神龍的大圖，被稱作「龍圖」。最欺負人的是，當中有幾張必須搣開表面，才出現可組合的隱藏圖片，所以這次抽到卡就一定要搣了吧！

兩張 215 號卡，當年有沒抽漏？

重覆的 215 號

萬變卡第 6 彈中，會發現有兩張都是編號 215 的卡，是官方搞錯了嗎？當然不是，還記得原作中，悟空曾中了基紐隊長暗算，和他調轉了身體嗎？所以仔細看的話，會發現兩張 215 號是不同的，一張的左上角印有「悟」字，側邊寫著「オラは地球からきた孫悟空だ！（我是從地球而來的孫悟空！）」，而另一張右上角印著精英軍團的徽號，側邊則寫著「さて，ワタシはいったい誰でしょう…。（嘜啦，我究竟是誰…）」。當年，不少人都被兩張一模一樣的卡騙到，總會儲漏其中一張。

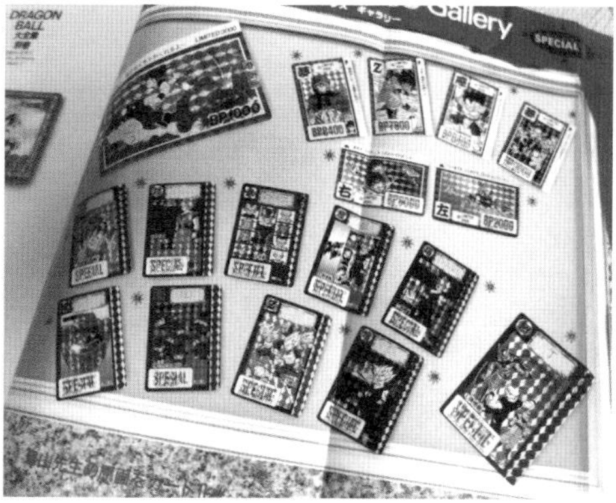

閃卡中以右上的 Limited 3000 最珍貴。

最貴萬變卡

既然有炒價，當然也有最貴。而龍珠萬變卡最貴的便是隨第2彈開賣的一張被稱作「騎龍卡」的 Limited 3000。因爲當年也是全日本限量出售 3,000 張，兼只限日本人購買，所以珍貴度可想而知，早兩年有紀錄的成交價便達 HK$40,000。另外初代第一張1號閃卡，也不便宜，若值 $4,000 至 $5,000。

16 張卡拼合成神龍。

不捨得撳開 500 號

500 號是一張很有紀念價值的萬變卡，他推出於「菲利篇」過渡至「人造人篇」的 1992 年，也是爲紀念萬變卡達到第 500 號卡，所以日本 Bandai 將之設計爲首張閃中閃卡，也就是撳開後還藏有一張閃卡。但想當然地，面圖已是三大超級撒亞人，畫面十分吸引，所以一般抽到這張卡，都不會捨得撳開，也就令 500 號的隱藏面難得一見。

三大超級撒亞人卡，不搣開看不到的。

超昂貴鐵卡

紙卡（或膠卡）的萬變卡外，日本 Bandai 還推出過以鐵製的萬變卡，這類鐵卡由於製作較少，兼且較難入手，所以價值都超級昂貴，隨便一張都過千元港幣，最貴一張還曾以 HK$20 萬成交。

5月悟空月

因爲《龍珠》的最初設定是參考中國名著《西遊記》，悟空的名字自然來自齊天大聖孫悟空。但及後在故事變得波瀾壯闊後，還衍生多了個意思，更讓悟空一家在日本的5月，變成了一連串的紀念日子。

悟空の日：由於悟空在日文讀音是「ごくう，gokuu」，與「5月9日」的日文諧音，所以Fans便將每年5月9日稱作「悟空の日」。這也是「日本紀念日協會」自2015年起正式認定的。有趣的是，這天原來是原作中笛子大魔王的死忌，當然也是笛子魔童的生日。

原來悟空芝芝的結婚紀念日是 5 月 7 日。

悟飯の日：悟飯是繼承自悟空爺爺的名字。可能由於是長輩，所以早一天的「5 月 8 日」的日文諧音命名，改作「ごはん、gohan」，也符合鳥山明將地球人角色以食物改名的習慣。因而 5 月 8 日是「悟飯の日」。

悟天の日：悟天的日文讀音是「ごてん，goten」，亦與「5 月 10 日」的日文諧音。這天當然成爲「悟天の日」。

此外，官方認證悟空與芝芝的結婚紀念日是「5 月 7 日」，因爲與悟空及芝芝兩人名字頭一個字組成的「ゴチチ」諧音。

事實上，悟空其他家族成員都順序與 5 月相關，父親巴達古是「5 月 1 日」諧音、悟空與比達融合的格比達（ゴジータ）與「5 月 2 日」諧音、牛魔王的官方設定生日是 5 月 6 日，所以說 5 月是悟空月也不誇張。

百變小雲玩具

相比起《龍珠》因為進入「撒亞人篇」後都以格鬥為主，所以周邊玩具也多是電子遊戲或Figure，《IQ博士》的玩具則非常多元化，尤其是主角則卷小雲，由於本身便以天真可愛贏得讀者喜愛，加上她時不時的搞鬼扮相：企鵝、蜜蜂、吸血鬼、棒球手……數不勝數，堪稱千變萬化，也就吸引不少玩具商爭相推出公仔、模型、襟章、擺設以至情景組合，單是日本玩具商「ポピー(POPY)」便在80年代為小雲一些較有趣造型推出過多款公仔。其他玩具商也都不落人後，也有著各類型的小雲玩具，即使在漫畫以至動畫均完結已達40年，還是會有新的小雲玩具在誕生，不得不說是極為厲害。

小雲形象百變，特別適合製作爲公仔。

古靈精怪天神村村民

歌仔都有得唱「小雲同小吉好重要！」小吉的玩具製品也不落後於小雲，很多時候還會與小雲玩具一併發售。玩具商在製作小雲玩具時，亦普遍會製作小吉玩具作爲同系列產品。此外，由於小吉天使般外形，更能吸引幼齡兒童。

小雲、小吉之外，表現得古靈精怪的天神村村民，例如：愛食酸梅乾的傻瓜超人、說著「電髮」騎著三輪車的草菇妹妹、流落在地球拉地攤車的尼克珍大王、怯弱怕事的空豆小雄、暗戀小雲的小寶寶……全部都各有特徵，都是玩具創作人的湧泉靈感，因此都會推出過相關公仔、玩具或其他精品。再者，《IQ博士》還有著大堆千平博士發明的古怪機械，也是製作玩具的材料，而「時間滑行機」便是最常被製作成玩具的發明機械。

JUMP COMICS
DRAGON BALL
ドラゴンボール
鳥山明
巻二十五 フリーザ超変身!!

TORIYAMA AKIRA
保存版
鳥山明

TV新シリーズのため
描きおろされた
イラスト達

我們的鳥山明

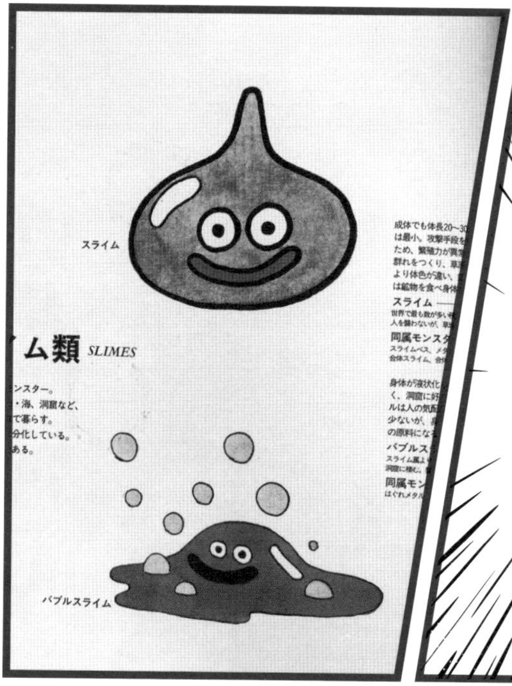

五星珠電玩遊戲

日本國民遊戲《勇者鬥惡龍》，你不會沒玩過吧？還有《超時空之鑰》的熱爆，鳥山明絕對是功不可抹。

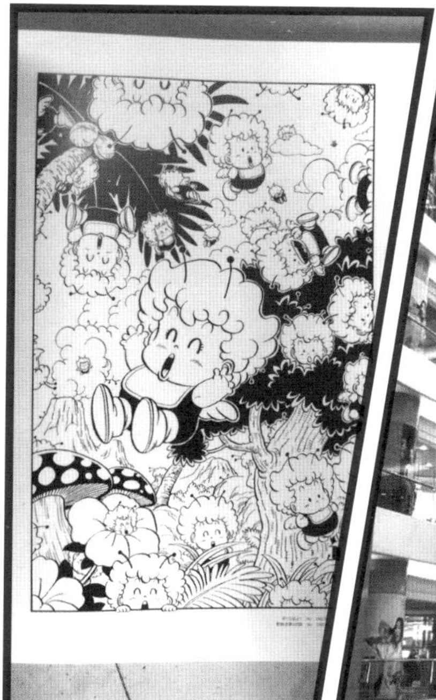

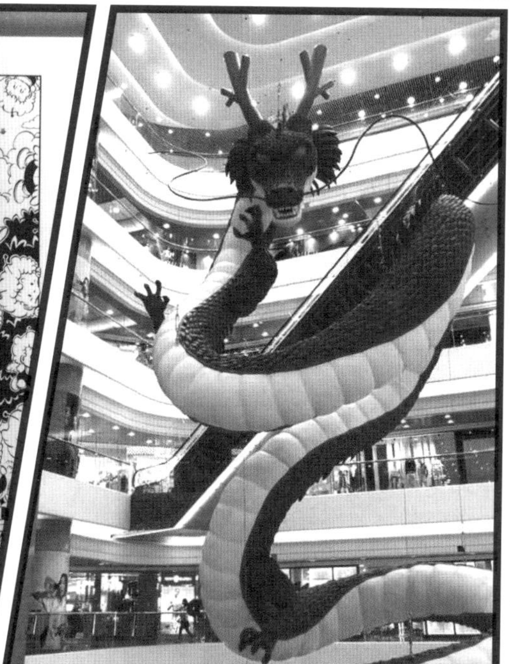

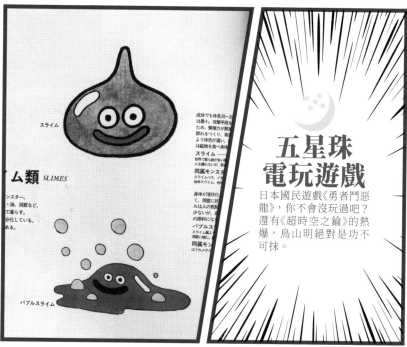

《勇者鬥惡龍》怪物個個經典

近年日本流行「異世界」題材動畫，描述主角轉生到「龍與魔法」或類似的異世界。其中幾套夾帶著一個有趣怪物角色「史萊姆（スライム）」的都頗受歡迎，包括《關於我轉生變成史萊姆這檔事》（日語：転生したらスライムだった件）、《衆神眷顧的男人》（日語：神達に拾われた男）、《擁有超常技能的異世界流浪美食家》（日語：とんでもスキルで異世界放浪メシ）。部分原因是影片中出現的史萊姆都是圓滑滑的透明身體，很得意可愛，親和力爆標。

但要知道，史萊姆在最早期的設定中就只是一堆爛泥，很是噁心，完全跟趣緻可愛扯不上關係。正正就是鳥山明，將牠畫得

曾推出過的 DQ 圖鑑，都以史萊姆作封面。

圓圓滑滑如雨滴般趣緻可愛，秒殺不少少年男女不說，還一躍成爲日本國民 RPG《勇者鬥惡龍》系列歷久不衰的經典怪物，也成爲其他同類遊戲或動漫作品，根深蒂固的形象。

不只是史萊姆，由鳥山明接下《勇者鬥惡龍》怪物及角色設定的工作後，原本暗黑恐怖類的怪物，一律都沿用著可愛、開心、歡樂的風格。

爛泥變成得意小水滴

話說鳥山明接下《勇者鬥惡龍》角色與怪物設計，幕後功臣（黑手？）還是那個大魔王鳥嶋和彥。當年第一代《勇者鬥惡龍》開始創作時，因爲鳥嶋與負責的堀田雄二相熟，便向他推薦鳥山明擔當美術設定，還騙堀田說，鳥山剛巧玩過他的出道作《港口鎮連續殺人事件》（日語：ポートピア連続殺人事件）。待堀田應允後，鳥嶋便拿著他的草稿來到鳥山明面前，一句「畫吧！」

鳥山明的畫風令恐怖怪物都變得可愛親切。

就這樣，坦言連紅白機也沒玩過的鳥山明，便莫名其妙地擔任起《勇者鬥惡龍》的設計師。雖然，在日後的不少訪談，鳥山明都曾笑言，爲《勇者鬥惡龍》畫設定是件開心得很的工作。

既然對紅白機沒概念，更枉論知道原祖的《巫術》（Wizardry）及《創世紀》（Ultima）等國外 RPG 遊戲，也不可能對這類「龍與魔法」的小說作者 Howard Phillips Lovecraft 的暗黑風格有多了解。所以鳥山明繪畫設定時，都以個人感覺出發，並以自己理解的「奇幻」將角色繪畫出來，就算堀井亦坦言，自己草稿中的爛泥史萊姆竟然是這樣可愛的怪物。但原來鳥山明單純只是認爲很難以爛泥作設計，所以改成雨滴狀，並加上大大的一雙圓眼睛及半月形笑容的嘴巴，令牠變得更似怪物而已。

說起來輕描淡寫，怪物的設計卻盡情展露了鳥山明的天才，以及他個人喜好：不要恐怖死氣沉沉的畫風，就是怪物也要開開

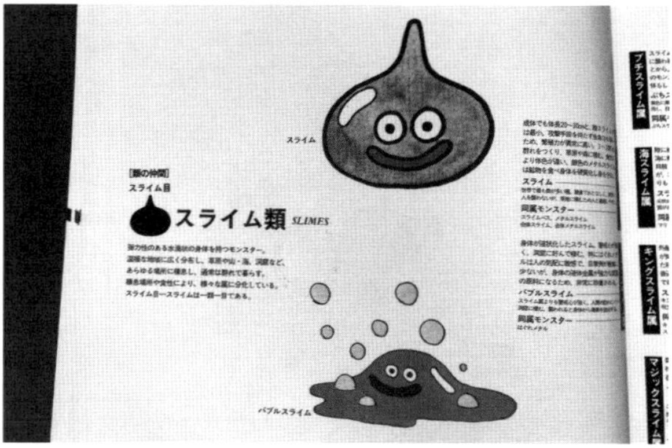

史萊姆的造型眞的令《勇》系增加不少女性玩家。

心心。所以細心留意《勇者鬥惡龍》的怪物大多是臉帶笑容，又或是裝出得意表情，就是惡魔、喪屍以至終極大 Boss 都是笑得很可愛的。此外，推介鳥山明作美術設計的鳥嶋亦曾表示，鳥山明的怪物能如此生動可愛，更主要是鳥山明懂得繪畫眼睛，他讓每個怪物即使不是正面形態，也會以眼神斜視著與玩家對望，這樣會加深彼此的吸引。

任意放飛的繪畫前瞻性

而對鳥山明角色及怪物設計的滿意，堀田不但起用了他的可愛繪畫風格，甚至直接將整個《勇者鬥惡龍》的創作也作出改變以作配合，所以從初代起，及後每代都是以可愛的風格爲主，並一直存續至今年最新推出的《勇者鬥惡龍 XII》。

更有趣是堀田與鳥山明的合作也有所改變，以往是由堀田先爲怪物起草稿再說明，由鳥山明作出修改，但既然爛泥都能變成可愛水滴，再畫草稿也沒意思，於是及後都只以簡單文字說明，再讓鳥山明放飛自我算了。系列中另一著名的「キラーマシン」便是這樣誕生，當初堀田想加入一部被幽靈附體的盔甲「殺戮機器」（キラーマシン，Killer Machine），也不是眞正意義的機械，只是想帶點冷酷殘忍的意思。誰知鳥山明眞的從字面作理解，利用了自己對機械設計心得及愛好，畫了一台右手拿刀左手拿弩以六足行走的機械人，但這裡可是龍與魔法的世界，爲何會有科技產品？所以從此，系列強行新增了機械類怪物，宣稱是由未知技術生產。

此外，源於對當年紅白機畫面限制的不了解，鳥山明筆下的怪物，不少也是動態的，例如：會噴泡泡的「泡泡史萊姆」、舉起權杖衝上來的「薩滿」、張開血盆大口的「寶箱怪」，這些在起初幾代《勇者鬥惡龍》或許未必能派上用場，但在現時的遊戲機卻是大放異彩，更感嘆鳥山明的前瞻性。

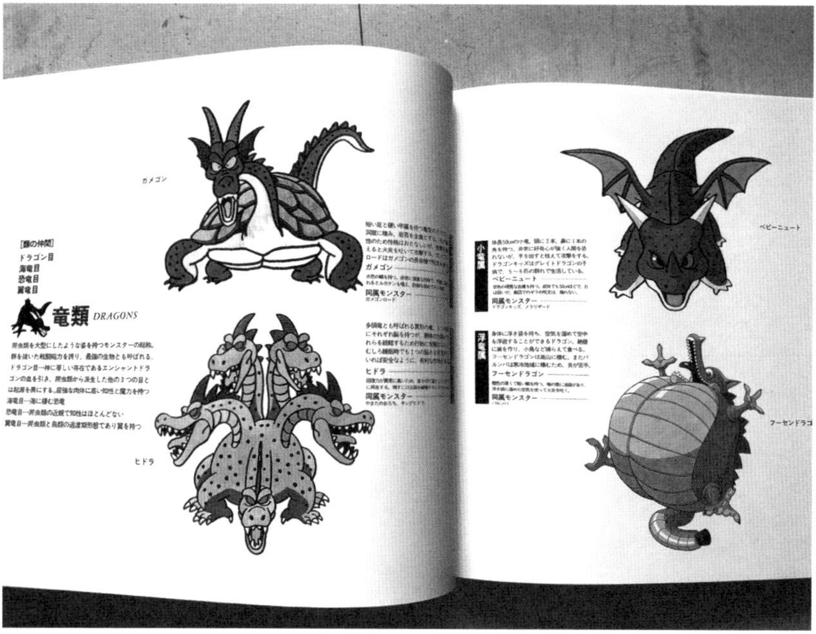

即使是惡龍也都很趣緻可愛。

在魔法世界中也有科學技術產物，還眞的很奇幻。

《勇者鬥惡龍 XII》成系列最重要回憶

2021 年 5 月 27，SQUARE ENIX 全球發布，將推出《勇者鬥惡龍 XII 被選上的命運之炎》（日語：ドラゴンクエスト XII 選ばれし運命の炎），繼續由「勇鬥鐵三角」負責，亦即堀井雄二擔當遊戲創作、鳥山明擔當美術設計，以及すぎやま こういち（椙山浩一）擔當配樂。可惜，すぎやま こういち在 2021 年 9 月 30 日因敗血症逝世，鳥山明也於 2024 年 3 月 1 日因急性硬膜下血腫離我們而去，《勇者鬥惡龍 XII》將成二人的遺作，也將是「勇鬥鐵三角」最後一次合作，所以 Fans 們都稱將以悲痛心情來玩這次遊戲，往後每當提起《勇者鬥惡龍》系列第 12 代，也勢必成爲玩家們最重要回憶。

烏山明曾爲《勇者鬥惡龍》繪畫的插圖。

平成最夢幻遊戲《超時空之鑰》

《勇者鬥惡龍》系列被稱爲日本國民RPG，能與之抗衡的也唯有《Final Fantasy》系列，兩款遊戲構成的玩家間派系之爭，以至遊戲母公司ENIX及SQUARE從打對台至合併在一起的故事，都足以寫入遊戲界歷史之中。不過就在這兩系列還在你死我活時，《勇者鬥惡龍》及《Final Fantasy》分別的靈魂人物堀井雄二及坂口博信，與還正在連載《龍珠》「魔人魔歐篇」的鳥山明，破天荒地組成「夢幻團隊」般的黃金組合，共同製作遊戲《クロノ・トリガー（超時空之鑰）》，並在1995年3月橫空推出。

《超時空之鑰》推出後，無疑成爲遊戲界一個震撼彈，當年已是年銷售榜的第二名，及後還從超級任天堂被移植至不同的遊

鳥山明爲《超》繪製的插圖。

戲平台。即使至今已近三十年，還仍在不同的遊戲榜單見到它的身影，也被不少雜誌評選爲「史上 100 大遊戲」、「史上最佳遊戲」、「最佳 RPG」等等頭銜。

遊戲的熱賣當然歸功於多方面的優秀，包括故事、系統、玩法、配樂，但不得不說，鳥山明的美術設計讓遊戲是加分最多。正如坂口博信也曾表示，玩著《超時空之鑰》就似是在鳥山明設計的世界中玩耍，鳥山明獨特的美術設計，完全在遊戲中表現了出來，尤其是機械方面包括未來時空的賽車、飛行器、時光機都是鳥山明的個人風格，是種未來科技與殘舊機械結合的感覺。至於，他創作的怪物也是一眼看出其創新的手筆，在有點熟悉的同時卻又不會與《勇者鬥惡龍》混淆。單看他曾爲遊戲畫的插圖，便看得出他爲遊戲設計的氛圍及世界是如何讓玩家將《超時空之鑰》一玩再玩。

失手之作《藍龍》

堀井雄二、坂口博信及鳥山明這個三人「夢幻團隊」，在2006年受遊戲開發公司Mist Walker所邀，再次走在一起創作Xbox 360平台遊戲《ブルードラゴン（藍龍）》。今次，團隊還加入已是遊戲界配樂大師的植松伸夫。但可能是2006年時Xbox 360主要還是以歐美市場爲主，平台上遊戲也較多射擊類，因而JRPG便讓它顯得有點「水土不服」，即使有著諸多遊戲猛人加持，鳥山明的美術設計亦保持水準，甚至在角色設計上可說無可挑剔，《藍龍》的銷量卻不如理想，甚至可說強差人意，僅售出20多萬套，續作《ブルードラゴン プラス（藍龍 Plus）》及《ブルードラゴン 異界の巨獸（藍龍 異界巨獸）》，成績也平平。

藍龍的美術設計絕對無可挑剔。

不過，《藍龍》作爲遊戲不討好，遊戲卻在 2007 年被改編爲兩季動畫《藍龍》及《藍龍 天界的七龍》，合共 102 話。由於沿用鳥山明的美術設計，所以播出當時的宣傳也會寫著「鳥山明原案設計」，香港 TVB 也曾引進並安排在 J2 台播放。此外，《藍龍》也衍生出三套漫畫，包括《死亡筆記》的作畫小畑健夥拍鷹野常雄推出的《BLUE DRAGON ラル Ω グラド》以及柴田亜美的《BLUE DRAGON ST（ブルードラゴン シークレットトリック）》，《藍龍》動畫版監督大竹紀子也與故事構成大和屋曉合作《BLUE DRAGON 天界の七竜～空中都市の闘い～空中都市の伝説》。

可說，《藍龍》遊戲或許並不出眾，但它的動漫衍生作品，卻得益於鳥山明的美術設計功底，還是在遊戲史得以留下名字。

排隊挑機對戰超任《超武鬥傳》

《龍珠》相關的電子遊戲自1985年9月推出對應スーパーカセットビジョン(Super Cassette Vision)機種的《ドラゴンボール ドラゴン大秘境》，至今已過百款，並對應不同機種、平台。當中，自1993年3月對應超級任天堂推出的《ドラゴンボールZ超武闘伝》系列格鬥類遊戲，相信絕對是不少香港龍珠迷的集體回憶。

《超武鬥傳》是基於《龍珠》世界觀及登場人物所製作的2D格鬥遊戲。由於可作二人對戰，所以當時香港有不少販賣遊戲機及遊戲的店鋪，都會在店家門前放上一部超任及細電視，長期開著《超武鬥傳》。玩家們便只需付錢給店主，便可玩上一局，就如走入遊戲機中心入錢打機一般。店家的做法當然是犯法，但當時都沒多少人理會，反而但凡見到有人在對戰《超武鬥傳》，都會停下來觀看，甚至還會像遊戲機中心般，放低一元「跟機」，不少時候跟機的一元還眞不在少數。

玩《超武鬥傳》最過癮當然是雙方狂放氣功波，「超必對超必」的亂打。而在這點上尤其看得出《超武鬥傳》的厲害，它不像《街頭霸王》必需以方向桿及A、B掣的配合才可放出超必，《超武鬥傳》的超必不論人物，全部都是以按掣的組合放出，所以很多時都會見到玩家在瘋狂的撳下A掣，便是由於出超必的需要。這種出超必的方法難度不高，加上遊戲機販賣店不限玩家年齡，所以當年看到兩個小學生在對戰，完全是正常不過的事情。當然，原本玩著的中學生被小學生挑機而輸掉的場面更是屢見不鮮。

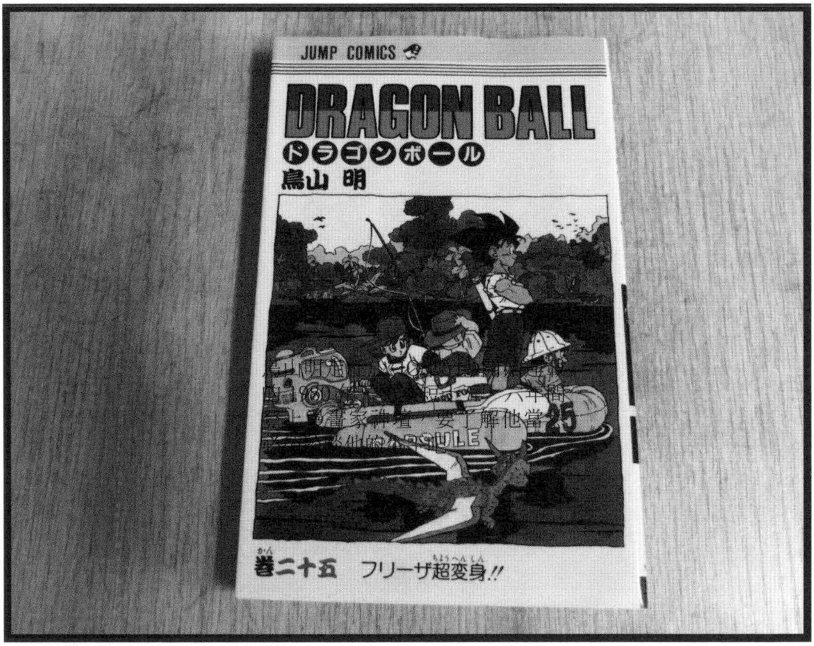
JUMP COMICS
DRAGON BALL
ドラゴンボール
鳥山 明
巻二十五 フリーザ超変身!!

TORIYAMA AKIRA

TV新シリーズのため
描きおろされた
イラスト達

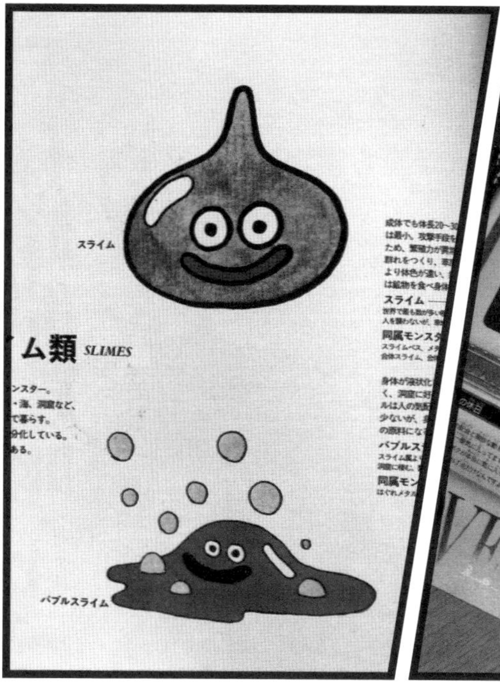

六星珠
現像級日常

有無見過，巨大神龍出現在 Time Square，惹來粉絲朝聖許願？90 年代港漫紛紛「致敬」《龍珠》，成為集體回憶，你又記得嗎？

有條龍咤叱在 Time Square

「有條龍咤叱半個夜空可幫你成功」，動畫《龍珠2世》主題曲其中一句，相信看到文字都覺得有聲。但原來，銅鑼灣的 Time Square 還真的有條龍咤叱在中庭。2019年，《龍珠超劇場版：布洛尼》上映，電影方便在 Time Square 舉辦「Dragonball World Adventure」香港站展覽作宣傳。當時，不單在地面公眾位置擺放多個龍珠 1：1 角色的名場面，包括孫悟空、菲利、布歐……更將天下第一武道大會的舞台搬來。

不過，最吸引是在 Time Square 的2樓中庭，無須集齊七粒龍珠，便召喚出一條近13米高的神龍，跨越4層樓，並盤旋在最高處的扶手電梯，充滿動感。沒有亂講，雖然明知不可能眞

Time Square 的神龍。

的「幫你成功」，當時還眞的有粉絲不只是打卡影相，而是向著神龍大聲許願。

最熟悉的絕招姿勢

特攝都必然會有厲害的絕招，亦會成爲一代人的模仿姿勢。不過，要說能橫跨幾代人，一提絕招名都能輕易擺出有關姿勢，相信只有《龍珠》的「元氣彈」及「龜波氣功」了。

阿根延萬人集氣的場面，很想去參加的。

元氣彈集氣

「元氣彈」是界王（第7宇宙北界王）所創招式，可集結其他人的氣爲一體，再投擲向敵人。招式就是簡單的雙手舉高並攤開手板，任何人都可模仿。2024年3月，阿根廷一個悼念鳥山明的活動，便近萬人一齊擺出元氣彈的姿勢，「集氣」致敬鳥山明。

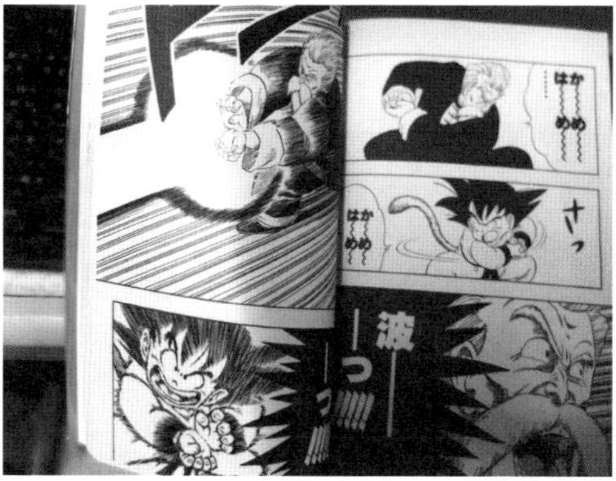

悟空對龜仙人龜波對打，是最精彩的一幕。

推出龜波氣功

「龜波氣功」，是龜仙人所創招式。招式以兩隻手握成貓爪般，再以手心打開及掌底觸碰手勢，慢慢收納到腰間，最後向前推出。後期，發招姿勢省略了收納推出動作，直接雙手觸碰推出便可。另，悟空也曾以腳掌使出龜波氣功。

比「波動拳」更早發表

提到「龜波氣功」，必須要提一提電子遊戲《街頭霸王，Street Fighter》系列的「波動拳」，不少人，尤其是 90 後、00 後，並非與《龍珠》一起成長的朋友，都會誤以爲「龜波氣功」抄襲「波動拳」。翻查年表，《街頭霸王 I》街機版，於 1987 年 8 月推出市面。而「龜波氣功」初登場於連載版第十四篇「龜仙人的龜波氣功」，時間約莫是 1985 年 3 月左右，明顯地較「波動拳」早兩年面世，孰先孰後也無須再爭議。

名字源自鳥山太太豐富知識

另外，無論是香港譯做「龜波氣功」，又或台灣譯做「龜派氣功波」都是很正經很有意思的名字。但日本原文「かめはめ波」中間中的「はめ」是沒意思的，純粹發音字而已。之所以有這個名字，據說是由鳥山明的妻子提出。原本也是漫畫家的鳥山太太，學識很豐富，當聽到丈夫需要一個招式名稱，便想到夏威夷的一位大帝 Kamehameha，他在 1758 年哈雷彗星最近地球的一年成就霸業，正好與當地民間傳說中偉大領袖會由彗星降世相符。鳥山太太覺得傳說非常有趣又有意思，恰巧發音上，頭兩個音節正好是日文「龜」的發音「かめ」，最後的 ha 音也對應「波」，鳥山明便拍板使用。

港版少了一個音節

「龜波氣功」日文原版是「かめはめ波」。一共 5 個音節，而且最後一個音節是「波」，便能順理成章地打出氣功波。而台版

將它翻譯爲「龜派氣功波」，也保留5個音節及最後的「波」音，可算不錯的翻譯。但換成港版翻譯後，5個音節變了只有4個音節，名字最後也不是「波」，無可奈何下，港版動畫時，當叫出「龜」、「波」、「氣」、「功」後，會再喊一聲「Ha」來彌補。不過，這也有可能是考慮到畫面的配音口形，「波」的日文正是「Ha」，所以港版可配合打出氣功波時的口形，保留那股觀感上的氣勢。

周星馳的龜波氣功

曾自稱是龍珠迷的周星馳，也曾在電影《唐伯虎點秋香》最後點秋香時，完完整整的打出一記「龜波氣功」，旁邊的角色還加入對白如「唔通佢係超級撒亞人？」、「好強嘅氣！」，將《龍珠》概念惡搞一番。可惜那記龜波氣功爲了震飛一眾女角，只打在地板上，若是直線向前打出，就更叫過癮。

小雲「你好嘛」更強！

要說到絕招，《IQ博士》雖是搞笑漫畫，但小雲也有一項絕招，不是手執米田共，而是從口中講出「你好嘛（んちゃ）」。日文原版是小雲由「こんにちは」省略過來的專屬問候語。不過，「你好嘛」眞的超級厲害，「嘛」字一出，一記光炮噴射，可謂所向披靡，任何敵人也瞬間打倒。

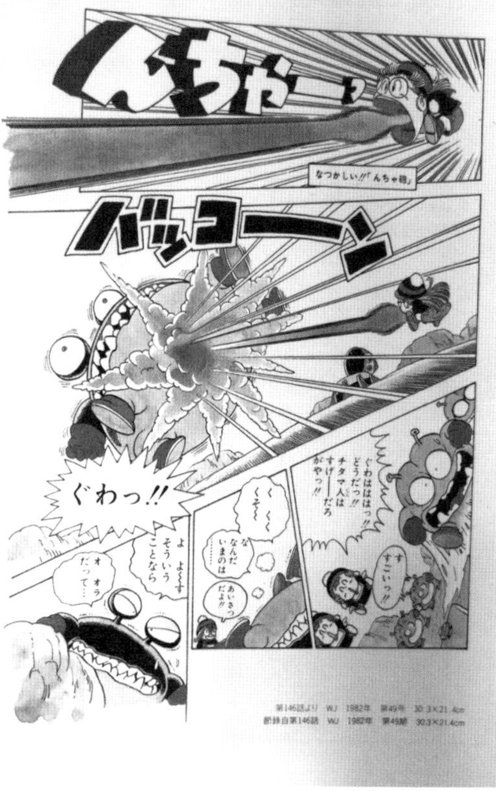

第146話より　WJ　1982年　第49号　30.3×21.4cm
節錄自第146話　WJ　1982年　第49期　30.3×21.4cm

小雲的「你好嘛」威力也強的呀！

「龍珠頭」髮型

看著龍珠成長的朋友，必然都會試過擺出「龜波氣功」的姿勢，尤其一大群人在一起說起《龍珠》，互相放出龜波是例行「傻」事。當然，傻事也不只這一件，另一件傻事相信也會更多人試過，尤其是頭髮稍長的朋友，絕對一定會去試，那就是沖涼時用洗頭水將自己的頭髮一撮撮「攞」起，再來自high地咆哮，幻想自己變身成超級撒亞人，那種興奮感不要說不爽。

若然有幸結識一群能一起「癲」的朋友，在平常打波或運動後在更衣室沖身，幾個老友裸著身、「攞」起頭髮，「呀」地大嗌著，然後擺出龜波氣功姿勢，畫面足夠成世人都記得。

細個沖涼洗頭，有沒「攞」頭扮超級撒亞人呢？

日本Playstation在2020年爲《ドラゴンボールZカカロット（龍珠Z：格古洛）》的廣告宣傳片，便有小朋友在沖涼時「儲氣」，扮變身超級撒亞人的畫面，但看著看著，不但不會覺得很傻，反而老土地說：「回憶返晒嚟！」

瘋狂科學家都愛食杯麵

要說島山明漫畫對社會的影響眞的多不勝數，不過最爲搞笑該是《IQ博士》則卷千平因爲食杯麵，令到港產電影或電視劇中如果有「瘋狂科學家」的角色時，都總會出現他們煮杯麵來吃的畫面。最出名就是周星馳的《百變星君》，徐錦江飾演的科學家埋頭苦幹在煮牛肉味杯麵給吳孟達吃的一幕。另外，記憶中，1984年由梁朝偉主演的TVB劇集《再版人》中，馮粹帆及陳欣健飾演的科學家也有演過煮杯麵。

當然，在《IQ博士》中，千平博士煮過的杯麵，種類還眞不少，還曾異想天開的出現用凍水煮的「冷麵」杯麵，以至是要等45分鐘的「桶麵」。

賭聖傳奇抄考龍珠？

提起鳥山明的《龍珠》對香港漫畫的影響，90後成長的讀者，必然會對永仁及司徒劍橋創作的《賭聖傳奇》一片粗口之聲，近乎要「鬧到佢阿媽都唔認得」般慘烈。的而且確，《賭聖傳奇》自連載至第68期，神、聖、俠、后、霸、千多位主角對賭達頓而產生超能力失控，跌進另一時空、新世界後，不單由賭博漫畫轉變爲港式打鬥漫畫，還大量「抄考」了《龍珠》設定、概念及造型，最直觀便是角色多了「戰鬥值」，自由人出版社甚至會仿效「龍珠萬變卡」推出「賭聖卡」；此外，星仔、刀仔或其他角色可變身「新類型人」，造型上更是跟足「超級撒亞人」，雖然有趣是刀仔變身後是藍頭髮，不會是兩位作者穿越時空，取得《龍珠超》的藍髮超級撒亞人造型吧！這還不止，刀仔在使出負極昇

爆氣的方法真的很「龍珠」。

龍霸時，這不就是自在極意？你們真的不是懂穿越嗎？

其他的「抄考」地方還有星仔多了兒子小星，這個是悟飯的老翻？攻擊力可以倍數加大，應該是界王拳的設定吧？還有仇暴軍天王四將的天鳥，妳確定沒有跟 18 號撞樣？當然還不得不提主要反派神・宇斯，普遍認爲是抄襲菲利，但更似是電影版菲利的哥哥古拉。總而言之，由崩壞的 68 期打後，已經與賭博無關，就是粗暴地抄考《龍珠》。這一點，創作者之一的永仁在鳥山明過世後，也曾公開承認並向鳥山明道歉。至於抄考主因是賭書較難創作，唯有回歸港漫打書路數，再加上司徒劍橋是《龍珠》迷，順理成章便出現不少當中原素。

其實，《賭聖傳奇》還不只抄考《龍珠》，由於司徒劍橋還是「機動戰士高達」迷，當中的設定或概念，也被加入到漫畫的後段部分。奇人該是《Z高達》的西羅克，賭聖戰衣初始的「內衣」

是聯邦軍軍服。到了這個時期，與其說是抄襲，不如說是兩位作者已經放飛自我，就畫自己喜歡的東西，所以星仔祭起入聖篇組成的軍隊都是Q版咸蛋超人，後來索性直接以眞身大超人齊齊放死光。

回看90年代，版權意識簿弱，所以出現《賭聖傳奇》不足爲奇，別的港漫也會多多少少抄襲日漫，可說是其時主筆們的惡習。若然換個角度，再翻看《賭聖傳奇》，也得承認它仍算得上是部創意無限港漫。開初幾十期還是集中講賭局時，不只將賭博電影未能出現的「賭博宇宙」連結出來，還聯動其他角色如跛豪、波霸等香港人熟悉的名號，已叫人「睇得過癮」。即使漫畫崩壞後，開始滲入不少抄襲概念或設定，但單單討論其創立的世界觀，大玩時空交錯、新世界轉換、末世地球等等港漫少見的科幻元素，還是極爲大膽的嘗試，甚至神與魔，這個創作思路的確帶點可供細味的哲理性味道。平心而論，視90年代初面世的《賭聖傳奇》

《賭聖傳奇》後期完全是放飛自我的創作。

爲一部「戲仿」、「惡搞」或「二創」作品，或許也可以。

香港有個龍珠商場

《龍珠》如此一個龐大IP，自然經濟效力龐大，2024年官方便宣布將在沙地阿拉伯首都利雅德的Qiddiya娛樂城興建全球首個《龍珠》主題樂園，預計分爲七大主題園區，包括「龜屋」、「膠囊公司」、「比魯斯星」，重點是樂園中心的70公尺神龍造型過山車，極之値得期待。

不過，也不用等沙地的龍珠主題館，香港其實早已有一個「龍珠商場」，座落於九龍城太子道西368-374號龍珠樓，隨時可以「觀摩」一下。當然它只是撞名而已，它的英文名也不叫Dragon Ball，而是「Pearl House」，其實叫作「珍珠屋」或許更貼切。改名叫「龍珠商場」也只因所處大廈名叫「龍珠樓」，而「龍珠樓」的得名則已無從稽考卻也無須考究，類似大廈名稱或許是華人社

會的傳統喜好，事實上在廣州亦也有一幢「龍珠樓」，還挺出名的。

商場擠滿學生哥

說「龍珠商場」與《龍珠》沒關係也不算準確，在80年代尾至90年代中，它可是出了名的遊戲機商場，超過一半的店鋪都是販售遊戲機或相關產品，剩餘的卽使從事其他業務，也會兼賣遊戲類商品，也就是說整個商場都離不開電子遊戲。當然地，《龍珠》多套受歡迎的電子遊戲，都曾在「龍珠商場」內熱賣過，也吸引不少龍珠迷光顧過。又，商場也有店鋪順應《超武鬥傳》的潮流，在店鋪門口放上超任，供小朋友對戰，每當放學時間，「龍珠商場」絕對是聚滿穿著校服的學生。

隨著遊戲市場轉型，已沒多少人會行場買遊戲，因此如同諸多販賣遊戲爲主的商場，「龍珠商場」亦從昔日的曾經輝煌，演變成今天十室九空的狀況，值得惋惜。

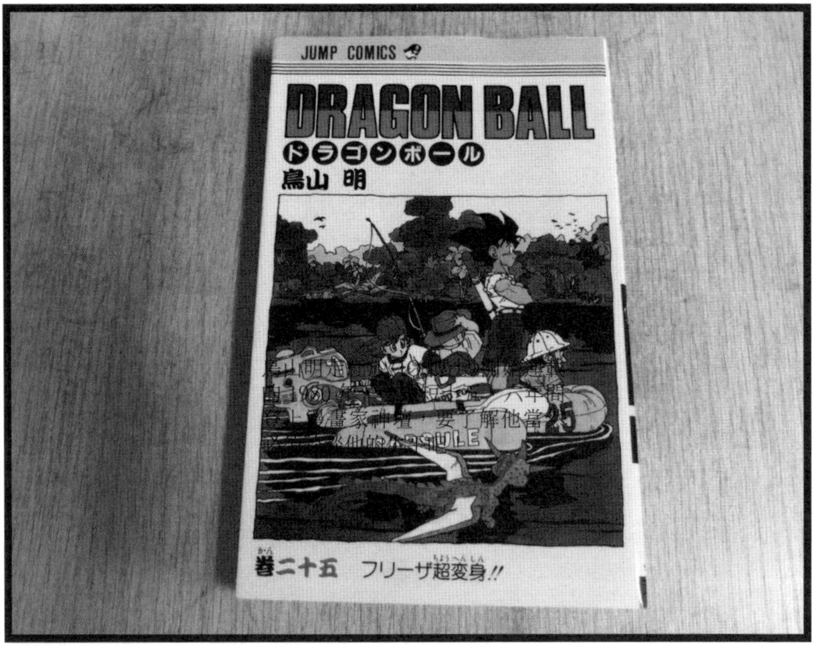
JUMP COMICS
DRAGON BALL
ドラゴンボール
鳥山 明
巻二十五 フリーザ超変身!!

THE BIRD WATCH
FIAT
保存版
TORIYAMA
AKIRA

TV新シリーズのため
描きおろされた
イラスト達

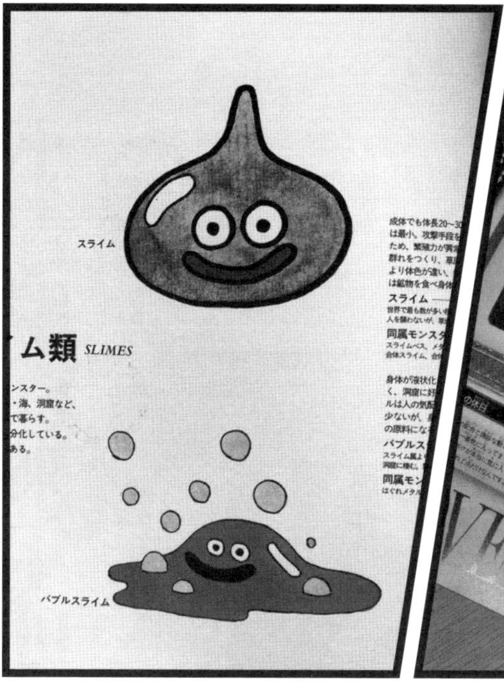

七星珠趣味雜談

小吉的眞正身份？究竟有幾多個杜拉格斯？馬斯特博士爲何製造小寶寶？龍珠最強招式是……

小吉用百來年可毀滅地球

小吉的眞正身份是位天使，每當天神發現有星球將發展出文明，便會派遣她到訪星球，將其「食」盡。所以每隔一段時間，小吉便會自我分裂，一變二、二變四、四變八地誕生更多小吉。

小吉的分裂速率是多少？《IQ 博士》中，小寶寶曾用太平製造的時光機到過十年後，那時小吉已變成八個。按這個前提，粗略估算一下，小吉從 2 個變成 8 個用了 10 年時間，所以可假設約每 5 年分裂一次。當然，不排除隨小吉成長，分裂時間也會出現變化，因爲小吉從蛋孵出至經歷首次分裂，漫畫時間線不過 3 年左右。

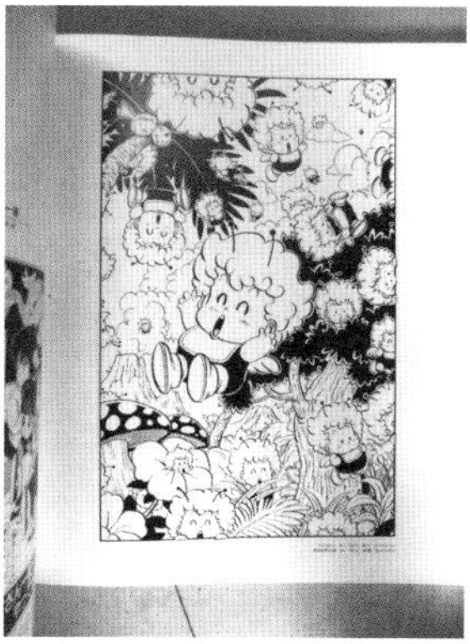
小吉的倍數增值很快便可毀滅地球。

姑且按5年分裂一次計算，100年後，經過20次分裂後，便將出現1,048,576個小吉，還不算恐怖。但若然再調後多一段時間，150年後全球便將出現超過1億個小吉，數目便很恐怖。

恐怖的不是小吉的數目，而是食量。漫畫中，小吉可將尼克珍大王的宇宙船以至牛奶糖1號，一次過近乎食個乾淨。若然換上1億個小吉，地球還夠她食飽嗎？屆時，大家或許只能跟環保組織打對台，發展全塑料文明了。

前後登場的杜拉格斯來自不同時間線？

未來杜拉格斯首次登場，是來告訴悟空未來將出現兩個人造人，當時他確實交代兩個人造人分別是 19 號及 20 號。但時間來到三年後，再登場的杜拉格斯在看到被比達破壞的 19 號，卻表現得完全不認識，及後還說明破壞未來的人造人是 17 號及 18 號。這個矛盾無論是連載版、單行本、完全版，都沒有作出修正，或許對鳥山明而言，兩種說法並不構成任何問題。所以有理由相信，首次登場的杜拉格斯及再次登場的杜拉格斯，來自兩條不同的時間線，亦卽並非同一人。

這或許還能解釋爲何斯路能殺死杜拉格斯來到現在，因爲這個杜拉格斯存在的時間線，只存在 19 號及 20 號破壞地球，估計

17號及18號並沒被基路博士喚醒，甚至已遭銷毀，才令斯路沒能找到他們，必須乘時光機到現在。恰巧，另一位杜拉格斯這時也從存在17號及18號破壞地球的時間線上，來到現在，才有原作的後續劇情。

翻看日文版的對白，便可感到前言不對後語的違和感。

馬斯特博士爲何製作小寶寶？

我們的烏山明

小寶寶，又或牛奶糖4號的構造，是馬斯特博士用微型監察機械人，盜取小雲構造而製作完成。雖然漫畫有解釋說，馬斯特博士爲了要讓牛奶糖4號不像小雲般頑皮，特別在性格上改得乖巧，彬彬有禮。問題是，性格是一堆電腦程序，的確不難更改，小雲也會因爲被一隻昆蟲走入體內，變得聽話，但機械構造該比較複雜，不是說改便改，萬一出錯會影響整體結構。

馬斯持博士既然取得小雲構造，想必也是一份女機械人設計圖，按圖製作的機械人性別無疑會是女性。但漫畫中曾出現的小寶寶全裸畫面，卻的的確確是有啫啫的。如此說來，馬斯特博士爲何執意要製作一個男性機械人牛奶糖4號？若說是馬斯特個人喜好，所以就算麻煩一點，也要花時間研發男性機械人，但從牛奶糖6號是個仿小雲的女性機械人，立論便不正確。可能，就算拿這條問題向鳥山明或鳥嶋和彥問查詢，或許只會換來一頓漫畫式臭罵：「我就是要給小雲找個男朋友……」

最強招式‥氣圓斬

《龍珠》有無數厲害招式，威力也大不相同，不過由無限所創作的「氣圓斬」絕對是被低估的招數。根據鳥山明的解說，氣圓斬是將氣凝聚爲圓環形並作高速旋轉，有如刀刃般將物件斬開。

它初登場是對戰比達及立巴，當時無限放出「氣圓斬」，立巴還沒有太重視，原想正面抗擊，誰料比達在後面大聲提醒，才跳起避開，而氣圓斬也輕鬆斬去遠處山峰大片山頂。若然立巴沒聽比達勸，眞的用身體抵檔，該已被腰斬了。

即使宇宙惡之帝王菲利，在變身爲第二形態後，面對比達及笛子魔童的攻擊一臉輕鬆，但在初次看到氣圓斬，也是大驚失色，

「氣圓斬」的發招極有氣勢。

不敢正面抵檔，只能跳起躲開，僅讓氣圓斬斬掉一截尾巴。假如氣圓斬當時能快一步斬中菲利，後面也沒悟空的事了，繼續待在治療艙吧！接下來，無限更把氣圓斬進化，由只能一次放一發，變爲可連放四發，而看無限只想迫退菲利來爭取時間的反應，估計是連珠斬發也沒問題。可惜，此時菲利已知厲害，全部給躲開了。

氣圓斬更厲害的地方，是菲利直接將它盜用過來，以之對付已變成超過撒亞人的悟空。菲利更將氣圓斬改良，不單可同時放出兩發，還加入類似阿樂「繰氣彈」的方式，可對已放出的氣圓斬加以操控，不再是一發無回頭。最後，菲利與悟空的頂上決戰，亦是以氣圓斬終結。

可惜，或許鳥山明也清楚自己將氣圓斬寫得過於厲害，及後出現的斯路及布歐，都是那種即使爆炸剩一粒肉團也能完全還原的大 Boss，所以即使無限的確曾用氣圓斬劈開過布歐，卻已對戰局不再構成影響。後來，無限也將它教給老婆，讓 18 號曾在天下第一武道大會上用過氣圓斬，斬開杜拉格斯及悟天的偽裝。

即使菲利，也只能選擇躲開，
不敢硬接。

火柴頭工作室
MATCH MEDIA Ltd.

匯聚光芒，**燃點夢想！**

《我們的鳥山明》

系　　列　：流行文化
作　　者　：三十三
出 版 人　：Raymond
責任編輯　：Annie、Wing
封面插畫　：man僧
封面設計　：史迪
內文設計　：史迪
出　　版　：火柴頭工作室有限公司 Match Media Ltd.
電　　郵　：info@matchmediahk.com
發　　行　：泛華發行代理有限公司
九龍將軍澳工業邨駿昌街7號 2 樓
承　　印　：新藝域印刷製作有限公司
香港柴灣吉勝街45號勝景工業大廈4字樓A室
出版日期　：2024年7月
定　　價　：HK$138
ISBN　：978-988-70510-5-3
建議上架　：流行文化
特別鳴謝　：Lay 覃偉業

香港出版